「じゃあフーリンのおひろめといきますかー！」
「それはいいな。こうして想いが通じ合った以上、懸念すべき点はなにもない」

Contents

ひだまりの怨嗟編

まだ早い！！　2

ひだまりの怨嗟編

◇一話　大事な話をしよう

ここはイルジュア。

皇城の庭園にあるガゼボにて、私は俯《うつむ》いていた。

「で、なにか申し開きは？」

「……」

「……ありません」

はあああ、と大きな溜息を吐《つ》く金髪童顔王子、ラディの反応にビクッと肩が揺れる。

「僕はお前を友達だと思っていた。いや、今でも思っている」

「……」

「それなのに、一番知っておかなければならなかったことを、まさか卒業時に知ることになった僕の気持ちが分かるか？　しかもそれからなんの説明もなく連絡が取れなくなるし！」

ラディとは、私が彼の憧《あこが》れるギルフォード様の運命の伴侶であることを知られた日から久しぶりに会う。彼の怒りを私は甘んじて受けとめなければならない。

「それについては本当に申し訳なく、」

「羨ましい」

「……はい？」

「なんて羨ましいんだ」

思わず顔を上げるとそこには目を潤ませたラディの姿があって、これから起こることが容易に予想できた私は口元に笑みを浮かべ、そっと目を伏せた。

「あの！　聖様《ひじりさま》の！　運命の伴侶!?　フーリン、お前は前世どんな善行を積んだんだ!!　魔王を倒したのか!?　世界を浄化したのか!?　それとも生贄《いけにえ》となって死んだのか!?」

「どれも違うと思います」

「くっ、なんてことだ。僕の友達が聖様の伴侶……近い、関係性が近すぎる！　恐れ多いのは分かっているが、これを最高と言わずなんと言うっ。僕はフーリンの友達、だったら聖様に御目通りすることも叶う……？　ハッ、な、ならば聖様に握手してもらえたりするかもしれない！　っ、も、もももしかしたらサイン、なんてことも……っ！　そ、そんな奇跡が起こる前にイメージトレーニングなるものをしておかなければならないんじゃ……！　フーリンはどう思う!?」

「まず私を通さなくても王子であるラディは普通に会えますね」

「会える、だと！　ッッ、ヤバイぞこれは。想像するだけで心臓が破裂しそうだっ。フーリン、僕は、僕はどうしたらいいんだ!?」

「落ち着けばいいと思います」

興奮したラディを止める術がないことは十分に理解しているので、自ら落ち着いてくれるまで根気よく話に付き合う、……正しくは適当に受け流すのがコツだ。

「なんでフーリンはそんなに冷静でいられるんだ」

ムッとしながらラディに言われ、私は聞き捨てならないと声を上げる。

「皇城《ここ》に来て三日間、全く冷静でいられなかった私にそれを言います……!?　今はラディがいるからまだ落ち着いていられているだけですから！」

卒業式のあの日、早々にギルフォード様に捕まった私はそのまま豪奢な馬車に乗せられ、レストアとの別れを余儀なくされた。

馬車の中ではギルフォード様と特に会話をするわけでもなく、緊張と恐怖でガチガチに固まった私は早く解放されることだけを祈って過ごした。

そして着いた先はイルジュアの皇都の中心にある皇城で、心臓が止まるかと思ったのは記憶に新しい。

運命の伴侶についてすぐに話をつけたいのだろうと考えていたから、当初は自分の場違いさに目を瞑《つむ》っていられた。しかしその考えは早々に裏切られ、それから三日間、ギルフォード様とはまともに話せず、それどころか顔を合わせることさえほぼなかったなんて誰が予想できただろうか。

ギルフォード様はどうやら仕事が立て込んでいるらしく、なぜか実家へも帰してもらえなかった私は、結局城に滞在することを余儀なくされたのである。

自分がどうなるかも分からないまま不安に過ごしていた三日目、ラディと面会できるという報《しら》せを聞いた時は本当に、心の底から嬉しかった。

「……ああ、そういうことか」

「なんですか？」

「いや、別に」

なにかを納得した様子のラディは、組んでいた足を組み替えた。そして私の顔を見て、そのなんとも言えない表情を読み取ったらしい。

「なんだ、なにか言いたいことでもあるのか？」

「……ラディは、私がギルフォード様の運命の伴侶だったこと、その、怒ってたりしますか？」

「怒る？　なぜだ？」

首を傾げるラディと同様、私も首を傾げる。

「だってラディ言っていたじゃないですか。私みたいな人が伴侶だったら絶対認めないって」

初めて会った時に聞いたラディの言葉は真実彼の本音であろうから、間違いなくラディは私がギルフォード様の運命の伴侶であるという事実を受け入れられないはずだ。

この考えは間違っていないはず、なのに。

「……別に、フーリンなら認めてやらないこともない」

「え？」

耳を疑うような言葉が聞こえてきて、一瞬思考が停止した。

「だ！　か！　ら！　フーリンならいいと言っているんだ！」

「……熱でもあるんですか？」

「なんだと！」

「わあ、ごめんなさい！」

咄嗟《とっさ》に頭を下げると、呆《あき》れたような溜息が聞こえた。

「確かに知った時は複雑に思ったさ。……でも、聖様の横にいるフーリンを想像してみたら案外しっくりきたんだ。不思議なことにな」

「……」

「結局僕は聖様が幸せであるならば誰でもいいんだということに気付いた。現時点でフーリンは聖様の毒にはならないことは分かっているからな」

眩《まぶ》しいほどの聖様に対する愛に感服する。

「それに、僕は聖様だけじゃなくフーリンの幸せだって願っている。イルジュアの運命の伴侶の仕組みはよく分からないことも多いが、……なにかあったら僕に言うんだぞ。力になれることはなんでも手を貸す」

「……ありがとう、ございます」

うるっと来たところでラディはお茶に口をつけた。

品のある所作に、ラディが王族であることを改めて実感する。

「学園時代と違ってラディにあまり会えないのは寂しいですね」

なにげなく漏らした言葉に、ラディは少し眉を顰《ひそ》めてカップを置いた。

「……そもそも僕がお前と今こうして会えるだけでもすごいということ、理解しているのか？」

「え？」

「え？　じゃない。いいかフーリン、お前は聖様の運命の伴侶だ。お前に花紋《かもん》とやらがあるならば、気を付けなければならないことがある」

「は、はい」

真剣な表情のラディにごくりと息を呑《の》む。

「客観的に考えれば、運命の伴侶というのはイルジュア皇族の弱点となる」

「――」

「運命によって定められた相手というのは、皇族を厭《いと》う者にとって人質として価値がある。もちろん、フーリンだって例外じゃない」

「……そんな」

「だから聖様は伴侶であるお前を保護しようと動く。フーリンが城にいることになったのも至極《しごく》当然の話だ」

ラディの話に私はサッと顔が青くなったのが分かった。

ギルフォード様が私を探していたのは私という存在を保護しなければならなかったからだ。

それなのに私は自分勝手な理由で留学して、逃げ続けて。

「私、なんてことを」

「まあ、いいんじゃないのか。結果論に過ぎないと言われればそれまでだが、フーリンに大事があったわけではないし。……それに僕もお前が聖様の伴侶だと知っていたら、こうして話すことは絶対になかっただろうからな」

ラディの優しい言葉に少しだけ救われる思いがした。

しかしラディがどれだけいいフォローをしてくれたとしても、私がギルフォード様に迷惑をかけたということはまぎれもない事実。

「というかなんでフーリンは聖様から逃げていたんだ？」

「……ダイエットのため、です」

「……この贅沢者め」

「返す言葉もありません……」

機会を見てギルフォード様に謝罪しようと心に決めた。

それからラディと他愛もない話をし、ようやく頬に赤みが戻ってきた頃、思うところがあった私は手を上げる。

「なんだ」

「私、実はギルフォード様との距離の取り方が分からないんです。なのでぜひラディに、ギルフォード様との接し方を教えてほしいです」

私の切実な願いにラディは神妙な顔になったかと思うと、私に共感するように深く頷《うなず》いた。

「お前が悩むのはもっともだ。相手はあの聖様だからな。いいだろう、この僕が胸に刻んでいるファンとしての心得を特別に教えてやろうではないか！　大事な話だからよく聞いておくんだぞ！」

はい！　と背筋を伸ばして答えると、ラディはニッと笑って指を一本立て、私の目の前に差し出した。

「一つ！　聖様が生きていることに感謝すること！　ほら、復唱しろ！」

「は、はい。ひ、一つ！　ギルフォード様が生きていることに感謝すること！」

「二つ！　聖様に不快な思いをさせないよう気を付けること！」

「二つ！　ギルフォード様に不快な思いをさせないように気を付けること！」

「三つ！　聖様にむやみやたらに触らないこと！」

「三つ！　ギルフォード様にむやみやたらに触らない、……ん？」

三つ目のアドバイスに疑問を持った私は首を傾げる。

「なんだ」

「えっと、その三つめはどういうことなのかなと。失礼ですけど、ラディってギルフォード様に近付くこともできないですよね？」

「本当に失礼だな。だがな、フーリンは分かってない。僕があれだけ聖様について教えてやったというのに」

「と言いますと」

やれやれと首を振ったラディは、口の前で両手を組み私を見据《みす》える。

「聖様は魅力の塊《かたまり》だ。どんな人間も引き寄せてしまう、そんな存在だ」

「？　はい」

「そんな御方《おかた》だからこそ、僕に限らず、お前だって無意識に引き寄せられる可能性がないわけではない。現に聖様の意思を無視してベタベタと触れようとする者があとをたたないことを僕は知っている。二つめと連動してはいるが、聖様のファンであるならばこれは特に懸念されるべき点だ。僕だって危うい時があるのは認めている」

ラディの言葉に思い当たる節があった私はハッとして口を押さえる。

「心当たりがあるのか？」

「うっ、いや、その、はい」

「まああえて追及はしないが、僕の言わんとすることは理解しただろう」

「はい」

つまり自身が運命の伴侶であったとしても身のほどを弁えろ、ということだ。

「分かりました。私、ギルフォード様に絶対に触れないように気を付けます！」

「いや、これはファンの心得であって、なにも僕は絶対に触れるなとは、あ」

突然ラディが喋《しゃべ》るのをやめたかと思うと、私の背後を見て震え始めた。

「ひ、ひひひひひ」

「ひひひ？」

さらには奇妙な声を上げ始めたものだから、不気味な心地がして後ろを振り向こうとすると、私の背後に誰かが立ったのが分かった。

ふわりといい香りが鼻をくすぐる。

「……少しは話せたか？」

耳に吹き込まれた低い声に、全身に緊張が走り心臓が暴れ始めた。振り向かなくても分かる。ギルフォード様だ。

「ラドニーク、忙しいところわざわざ来てもらって悪いな」

「いいいいいえっ！　貴方《あなた》様のことより大事なことはありませんから！」

「そうか」

柔らかい声で応《こた》えるギルフォード様に、ラディは短い悲鳴を上げて思わずといった様子で天を仰《あお》いだ。

私を挟んで交わされるやり取りに、私は黙っていることしかできない。

「俺もここに参加してもいいか」

「えっ、は、はい！　もちろんで、……!?　僕が、聖様と、お茶!?　いいい、いえ！　僕はもうお暇《いとま》させていただくので！　はい！　そういうことで御前失礼しますっ!!　じゃ、じゃあな、フーリン!!」

品のかけらもなく走り去っていったラディの後ろ姿を唖然と見つめ、思わずギルフォード様を見るとバッチリと目が合った。予想より至近距離にいたギルフォード様に死ぬほど驚き、勢いよく目を逸《そ》らす。

「……では二人きりになってしまうが、構わないだろうか？」

「も、もちろんです！」

私の不躾《ぶしつけ》な態度を気にした様子もないギルフォード様は、そばに控えていた侍従を促しラディの茶器を片付け、新しいお茶を入れさせた。

その間私はただ全身を縮こまらせてテーブルの中心を見つめることしかできなかった。

「話には聞いていたが、君は本当にラドニークと仲がいいんだな」

「は、はいっ。レストアへ留学していた時に仲良くさせていただいていました」

「またおいおい留学の話も俺に聞かせてくれたら嬉しい」

「ひゃいっ」

緊張しすぎて声が裏返ってしまったことにじわじわと羞恥心が湧き、視線を彷徨《さまよ》わせていると、視界にキラリと光るものが映り込んだ。

それがなにか分かった瞬間、私は自分の手首を凝視して再度ギルフォード様の左手首に視線を戻す。

「ん？　……ああ、これか」

奇妙な私の視線の動きに気付いたギルフォード様は、腕を持ち上げおもむろにそこに口付けを落としたかと思うと、流し目を私に送った。

「ッ」

それだけでも心臓がどうにかなってしまいそうだというのに、さらに追い討ちをかけるようにギルフォード様は言葉を紡ぐ。

「お揃《そろ》い、だな」

「ッッ」

美しい青い瞳に、驚愕に目を見開いた私が映っている。楽しそうに口角を上げたギルフォード様は、立ち上がって私のそばに来たかと思うと、私の手を取り先ほどと同じように、今度は私の腕輪に口付けた。

「……フーリン」

「～～!!」

声無き悲鳴と共に反射的に飛び上がってしまい私は椅子から転げ落ちそうになったが、すぐに逞《たくま》しい腕が私を支えるように腰に回ってきた。ギルフォード様に支えられているという状況に、私は息の仕方を忘れるほど動揺した。

それと同時に、ラディの言葉を思い出した私は目を剝《む》き、勢いよくギルフォード様から離れる。

――ギルフォード様に触れちゃいけない！

鬼気迫《ききせま》る表情でギルフォード様の腕から抜け出したせいか、ギルフォード様は僅《わず》かに目を瞠《みは》った。

そして宙に浮いた掌をゆっくりと握りしめていった。

「あ、その、すみません。支えてくださりありがとうございました」

「いや、無事ならいい」

少しだけ重い空気が流れ、早速やらかしてしまったと冷や汗を流していると、ギルフォード様が口を開いた。

「……時間を取れていなくてすまない。もう少ししたらゆっくり話す時間が取れそうだ。それまで待っていてくれないか」

「は、い」

本当に申し訳なさそうに美貌を歪《ゆが》めるものだから、私はもういたたまれなくなって、小さな声で返事をした。

◇二話　天を仰ぐ

「……兄上」

書類の山からひょこりと顔を上げた兄上は、覇気のない声を出す俺を見て片眉を上げる。

「どうした？　仕事ならまだまだあるぞ」

「俺は、どうしたらいいですか」

「……ギルが僕を頼ってきた……」

兄上の手から落ちていく書類を書記官が慌てて拾い集めるも、落とした本人はそれを気にかける余裕もないほど俺の情けない様子に驚いているようだった。

「ええと、なにが悩みなんだ？」

「――フーリンが、俺を見てくれない」

「……は？」

続けて耳にかけていたペンをポロリと落とした兄上は、信じられないものを見た顔をして俺を凝視する。

しかし思考が停止している今の俺にとって、そんな兄上の様子などもはやどうでもよかった。

「なぜかフーリンは俺と目を合わせて話してくれないんです。それどころか俺が近付いただけで距離を取ろうとする」

「それは……恥ずかしがっているからなんじゃないのか？　ほら、見たところ彼女は一般人として普通の感覚を持っているみたいだし。父親と違って」

「兄上がフーリンを語らないでください」

「ええ、理不尽！」

とうとう俺の手元にやって来てくれた（連れて来たとも言う）運命の伴侶は、見るたび、会うたびに俺を魅了してやまなかった。吸い込まれそうなほど美しい菫《すみれ》色の瞳、小さな口からこぼれる天使の声、ふわりと揺れる茶色の髪にもう何度目を奪われたことか。あの柔らかそうな丸い頬もまたいい。見るたびにそこを食《は》みたくなる。

待ちきれずに会いに行ってしまったあの日、彼女を一目見た瞬間、雷に打たれたように固まってしまった。瞳孔《どうこう》は開ききり、心臓がかつてないほど煩《うるさ》く、微《かす》かながら頬も紅潮していて、ようやく視認できた自分の伴侶から視線を外すことができなかった。

つまるところ、完全に俺の一目惚れだった。

花紋がドクリと脈打ったことで彼女が俺の運命の伴侶であることを思い出した時、俺は女神に感謝せずにはいられなかった。

彼女が誰のものでもない、運命が定めた俺のものであることに。そして唯一の運命が彼女であることに。

しかしそばにいる紫髪の男、レオと親しげに会話しているのを見た瞬間我に返り、全身に動揺が走った。俺の知らない彼女をレオは知っている。なにより彼のフーリンを見る目で、彼女の隣を狙う恋敵《こいがたき》であることを理解してしまったのだ。

早く彼女を俺の腕の中に閉じ込めなければ奪われてしまう、と本能のままに近寄り、僅かにあった理性を総動員して彼女に話しかける。なのに彼女は俺を見て笑ってくれるどころか逃げようとする始末。

なんとか捕まえることができたはいいものの、離れていこうとするフーリンの姿に想像以上に動揺し、馬車の中ではほとんど話すことができなかった。

気を取り直し、城の中でフーリンと話をしようとすれば邪魔するように仕事が舞い込んできた。特にテスルミアやレストアは目を離すことができない転換期にあって、俺自身が赴《おもむ》かなければならない用件も多々あり、代役を立てることは難しかったのだ。

タイミングが悪かった。そう言ってしまえば簡単だが、そんな理由は俺を慰めてはくれない。

彼女を城に連れて来てからの五日間、近くにいるのにそばにいられないこと、また、知り合いのいない城で一人過ごさせてしまっていることに苛立《いらだ》ちやら罪悪感ばかりが募っていく一方だ。

フーリンの表情が日を追うごとに暗くなり、笑顔をあまり見せなくなっているという報告を聞いた時にはどうにかなりそうだった。

そして先日、わずかではあるが、ようやく顔を見て話す時間が取れたと思えばフーリンは俺に対し限りなくよそよそしく、彼女に信頼されていないことをいやでも理解してしまった。

その後、彼女のいない場所で俺の醸《かも》し出す空気は重かった。

「避けられてるのかー、へー、ギルがねえ。やっぱりフーリンちゃんに嫌われて、……!! ま、待てギル！　話せば分かる！　僕が悪かったから剣を置いてくれ！」

聖剣を置き直し、深い溜息を吐きながら再びソファーに身を沈める。

一度「嫌われている」と口にされてしまうと途端《とたん》にそれが現実味を帯びて感じられ、気分は地を這《は》った。

「そんな状態でよくラドニーク王子と対面させたな」

「……少しでも伴侶の不安を取り除いてやりたいと思うのは当然でしょう」

「へえ、そこのところは理解してるんだ。にしても尊敬するよ。いくら仲のいい友人とはいえ相手は男だ。むしろ仲がいいからこそ疑いたくなるものだと思うけどね」

イルジュアの皇族は運命の伴侶を手に入れた途端《とたん》に嫉妬心や執着心を露《あらわ》にし、独占欲を遺憾なく発揮する。男と会話させるなんてもってのほか、部屋から外に出すことすら嫌がる者だっている。

今回、フーリンをラドニークと会わせる場を設《もう》けたことは、俺にとって苦渋の決断だったと言っていい。それでも彼女に喜んでもらいたい一心で、ラドニークに連絡を取った。

その結果、フーリンが明るさを取り戻したので俺の選択は間違ってなかったのだと安堵《あんど》した。

「結局フーリンちゃんがなんでギルと会おうとしなかったのか、理由をまだ聞いてないんだよね？」

「……そうですね」

フーリンが俺に会おうとしなかった理由として、彼女が魔物への対応に尽力していたからだと考えられる。ここでフーリンが俺を嫌いだから会わなかったと考えるのは妥当ではないし、そもそもそんな最悪な状況を想定したくもなかった。

「まあなにかしら深い理由があったんだと思うし、またそれとなく聞いておいて。お前を今でも避ける理由もそこにあるかもしれないし」

「分かり、ました」

「あ、ところで本当にフーリンちゃんのこと、公表しなくていいのか？」

「はい」

通常、皇族の運命の伴侶が城に上がると、その時点で相手が誰なのかを世間に公表する。にもかかわらず、こうして一週間経ってもフーリンを俺の運命の伴侶として公表しないのは前代未聞と言えた。

「お前たちは本当に『前代未聞』が大好きだな」

「フーリンはまずここに慣れるまで時間がかかるでしょう。彼女の心労を考慮して、公表はそれまで待ちます。慣例に従わないなんて今さらです」

「だけどなあ、お前がフーリンちゃんの卒業式でやらかしてくれたおかげで彼女の素性がもう一部の界隈には漏れちゃってるんだよ。トゥニーチェの名前は厄介だからな……」

「その点に関しては」

「はいはい、ちゃんと対処している、だろ。だけど、現状僕たちが厄介な問題を抱えていることに変わりない」

「……はい」

兄上の言葉に思わず顔を顰《しか》めると、兄上は溜息を吐いて俺を見据《みす》えた。

「伴侶をようやく手に入れて嬉しいのは分かるけど、浮かれすぎるのもほどほどにな」

「……分かっています」

殊勝な顔をして兄上の言葉を胸に留めようとしたその時、

「！」

「えっ、なになに⁉」

突如立ち上がって窓際に張りついた俺に、兄上が困惑の声を上げる。

「……フーリン」

「あ、なるほど。外にフーリンちゃんがいたのね。……って、怖いわ！ 窓閉めきってるのに香りで気付いたの!? そりゃあ伴侶の香りは自分だけにしか感じられないものだけども！ お前の嗅覚《きゅうかく》どうなってるの!?」

「少し黙っててください」

侍女と楽しそうに話しながら歩いているフーリンの姿を見た途端《とたん》、鬱屈していた心情が消え去って、ただ彼女のそばに行きたいという衝動だけに満たされる。

たまらなく愛しい存在が、すぐそこにある。幻じゃない。現実だ。

先日ガゼボで会えたのに、いまだに彼女が城にいる現実を信じられない。

文句を言っている兄上の存在など忘れ、己の伴侶に見入っていると、不意に彼女が満面の笑みを浮かべ、そのなんとも言えない愛らしさに俺は思わず天を仰《あお》いだ。

「……可愛い」

叶うならば早く俺にその笑みを向けてほしいものだが、道のりは遠い。

俺と彼女は花紋という、二人をつなぐ証が存在する特別な関係であるにもかかわらず、世間的に見ればフーリンは俺の婚約者でもなければ恋人ですらなかった。

名実共に俺のものにしたい気持ちはやまやまだが、今は俺の手の届く距離にいてくれることに感謝し、我慢するしかない。

「本当に誰これ。伴侶なんかいらないなんて言ってた人物と同じだとは思えない」

「フーリンにそれ言ったら殺す」

「怖っ、目が本気だ！」

「それに俺はいらないとは言っていません。発言を捏造《ねつぞう》しないでください」

「意訳だよ！」

冗談でもお兄ちゃんに向かって殺すなんて言わないでよお、とメソメソしている兄上を一瞥《いちべつ》し、俺は乱れた髪を直しながら扉へと向かう。

「あれ、どこ行こうとしてるの」

「決まっています。伴侶が近くにいるのに会いに行かない阿呆《あほう》がどこにいるんですか」

「残念でした！　なんとこれからレストア大使との会合でーす！　絶対忘れてたでしょ」

「……俺は病気になったとでも言っておいてください」

「ギルが病気になったなんて知ったら国民が動揺するからダメ」

「じゃあ死んだとでも言ってください」

「もっとダメだよね!?　ギルが疲れてるのは分かってるけど頑張って。この山越せば、ちゃんとフーリンちゃんとの時間を作ってあげるから」

「言ったたな」

「やば、言わなきゃよかったかも。てか僕だってエイダと全然ゆっくりできてないんだからね？　愛を育《はぐく》む大事な時期なのに。大事な時期なのに！」

兄上は悲愴感を露《あらわ》にして机に突っ伏し、ぶつぶつと呪いのような叫びを上げ始める。ハラハラと床に落ちていく書類が兄上の限界を表していた。

そばに控えていた兄上付き書記官は疲労感を隠すことなく、散らばった書類を拾い始めた。

ここ数日、尋常じゃない量の仕事をこの少人数でさばいてきたツケか、俺を含め、全員が全員正気ではなかったことは認めよう。

「……」

「僕だってエイダに会いたい！　会いたいよー!!　エイダ～！」

しかしどれだけ疲れていようとも、三十間近の成人男性が幼児返りしている姿は見たくなかった。

書記官も同じ気持ちになったようで深い溜息を吐いた後、俺に向かって頭を下げた。

「皇太子殿下の威厳のためにも、どうか」

「……」

俺は首元を押さえながらもう一度だけ溜息を吐き、部屋の外に出ることを諦めた。

◇三話　噂話に耳を傾け

「できたー！」

「もう完成したんですか⁉　わ、フーリン様、すごくお上手ですね⁉」

服を掲《かか》げる私を褒め称えてくるのは、ラプサといってこの城に来て付けられた私の専属侍女だ。

私と同じ平民出身で、気さくな性格の彼女はとても話しやすい。私と同年代な上、ふわふわとした癖のある栗毛にも親近感が湧いている。

「本当にすごいです。スピードもクオリティもプロ並みです」

「あはは。縫製は甘いと思うけど、そう見えるのならよかった」

出来上がったのはこの城の侍女服だ。

皇城に来て初めて侍女たちの服を見た瞬間、わたしはそれに目を奪われた。なんて可愛い服なの、と。

我が家の使用人の服は紺色のワンピースに白いエプロンを着けるという、実用性だけを考えたシンプルなものだ。一方、ここの服は、フリルやレース、手の込んだ刺繍《ししゅう》と、創意工夫がなされていて、見ているだけで楽しい。それなのに全体的に下品になっていないところがまた素晴らしかった。

一度だけでも着させてほしいと思ったはいいが、当然お客の立場としてこの城に滞在している私がそんな大それた願いを口にできるはずもなく。ならばこの暇な時間を使って自分で作ってしまえばいいんだ！　と考えるに至った。テスルミアの火の部族の人たちのために大量の服を作った経験が、私にそう思わせたに違いない。

なにか欲しいものがあれば遠慮なく言ってくれとギルフォード様に言われていたので、私は少し迷った上でその言葉に甘えることにした。

裁縫道具や型紙、布や糸などの材料、服を作るのに必要な魔道具等々、申し分ない質のものを十分に揃《そろ》えてもらい、皇城に来てから一週間経った今日、こうして完成させることができたのである。

「ちょっと着てみてもいいかな？」

「もちろんですよ！　お手伝いしましょうか？」

「お願い」

うまくできたとはいえ結局は素人《しろうと》の作ったものでしかないから慎重に着よう、とドレスを脱いだ時のことだった。空気に触れたお腹をラプサに凝視されていることに気付いたのは。

「――花紋」

ラプサの真剣な表情に頬が熱くなる。

「本物、ですよね。……あの、失礼を承知で申し上げるのですが、触ってみても……？」

「いいよ」

「あ、ありがとうございます！　では、失礼します」

私のお腹に手を当ててきた彼女の指先の冷たさに驚く。

「すごい……すごすぎて言葉を失っちゃいました。本当にギルフォード殿下と同じ！　フーリン様は本物の運命の伴侶なんですね！」

「偽物かと思ってた？」

「ま、まさか！　こうして初めて見るのでつい興奮してしまって。気分を悪くされたら申し訳ございません」

「ううん、大丈夫だよ。私も冗談で言ってみただけだから気にしないで！」

おどけたように笑えばラプサもホッとしたように笑った。

そのまま服を着るのを助けてもらって、全身を見せるようにスカートを揺らしてみせる。

「……ど、どうかな？」

「よくお似合いです！　よかったらその格好のまま部屋の外に出てみます？」

ラプサは思わぬ提案をしてきた。

「え、いいのかな」

「少しくらいなら問題ないと思いますよ。部屋からあまり出ておられませんし、体が鈍っちゃいますよ。さっ、行きましょう！」

少し強引だなとは思ったけれど、自分で作った服を着て外を歩けるというのは少しワクワクする。

ラプサに案内されるがままに歩いてみると、いつもと違って使用人に頭を下げられないことに気付いた。どうやらうまく侍女に擬態できているみたいだ。

そもそも私は平民で平凡顔であるし、貴族のようなオーラもないので、擬態の成功はある意味当然とも言えた。

出歩く場所を制限されている私は好き勝手に歩き回ることはできないけれど、陽の下を歩いたことで晴れやかな気分になる。

満足したしそろそろ部屋に戻ろうか、と思ったところに現れたのは巨大な影。

「ちょっと、貴女たち！　数が足りないって言っているでしょう！　早く来なさい！」

私たちの目の前に立ちはだかった恰幅のいい女性は、眦《まなじり》を吊り上げて私たちの後ろ襟を摑み、あろうことか私たちを引っ張ってどこかへ向かっていく。

「えっ、え？　ええ!?」

困惑のまま抵抗することもできず連れて行かれた部屋で、なぜか私は多くの使用人に囲まれて洋裁をすることとなった。

「へー、貴女とっても上手ね」

「お師匠様がいたりするの？」

「い、いえ、特には」

どうやら私たちは皇族の衣服を作る仕事に駆り出されたらしかった。

どうしてこんなことに、と漏らせば、ラプサ曰《いわ》く、素敵《すてき》なデザインがなされているこの侍女服を着ている者は基本なんでもこなせるいわばエリートらしい。

当然その『なんでも』の中には洋裁も含まれており、お洒落デザイン侍女服を着た私たちは人手の足りなかったここに連れて来られたのである。ちなみにエリート以外の使用人は、私の実家のものと同様のシンプルなデザインの服を着ているそうだ。

「……ラプサ」

正体を明かすこともできず部屋から出て行くことも叶わず、途方に暮れていたら、ラプサがギルフォード様にお伺いを立ててくると言ってくれたので、全力でお願いした。許可されてない場所に無断で来てしまったことでさっきから冷や汗が止まらないのだ。

お手洗いと言って抜けていったラプサを見送り、彼女が帰るまでは、と気持ちを落ち着けるように手元に集中する。

のはいいものの。

「てかさー、本当に第二皇子の伴侶、現れてくれてよかったよね」

唐突に始まった私の話題にドキリとし、途端《とたん》に作業どころではなくなった。

私こと、ギルフォード様の運命の伴侶が城に来たことは既《すで》に城中に知れ渡っているようで、私は変なことを口走らないよう少し顔を俯《うつむ》けて裁縫に集中する振りをした。

「ほんとにね！　ようやく！　って感じで私も嬉しい！」

「お城中がお祝いムードだものねー。最近は私たちの食事まで豪華になっているから嬉しいわ」

「ねえねえ、伴侶様が現れなかった理由ってなんだと思うー？　あたし的には裏社会のボス説を推す！」

「わたしは天涯孤独な上に病気で動けなかった説推し！」

「なに言ってんの！　実は既婚者で、元夫と別れるのに苦労した説に決まってるでしょ！」

「いやいや、ここは……ってあれ？　どうしたの、そんな暗い顔をして。体調悪い？」

私のこと？　と驚いて顔を上げたが、そうではなかった。一人の侍女が手を止めて隣で動かなくなっていた同僚を覗き込んでいる。

「ううん、そうじゃないんだけど。……えっと、もしかしたらさ、その伴侶の方、現れないほうがよかった、かも……って」

少し言いづらそうに口を開いた彼女の言葉に反応した皆が作業の手を止めて、どうしてと言い募る。

「だって……ギルフォード様が言ってたらしいもの――運命の伴侶なんていらなかったって」

耳を、疑った。

「えっえっ、どういうこと⁉」

「ギルフォード様付き書記官の従兄弟《いとこ》の友人がそう言ってたらしいわ」

「えー、信憑性《しんぴょうせい》薄すぎない？」

「あ！　待って！　あたし第二皇子付きの侍女の親の友人の娘から聞いたことがある。誕生日の朝、すごく嫌そうな顔して皇子が部屋から出てきたって！」

「うへ、まじ？」

心臓がうるさい。

「だとしたら世の女性を沸かせたあの新聞のメッセージも、皇子が考えたものじゃなかったのかしら」

「そりゃあそうでしょ。あんな熱烈な恋文みたいな内容、他人が書いてなきゃおかしいって」

「確かに。あの氷の皇子がラブレターって想像ができないわ」

手が震える。

「ていうか第二皇子がすぐに伴侶を公表しないのがいい証拠じゃない？」

「あ、そっか。皇族は運命の伴侶が現れたらすぐにでも公表するんだっけ。自分のものだって世間に知らしめるために」

「なのに伴侶様が来られてからこの一週間、そんな素振り全くなかったもんねえ」

「なるほど、ギルフォード様は皇族における例外だったのか。そりゃあ途中で伴侶探しもやめるわけよね」

どんどん盛り上がっていく会話に、私は驚くほど動揺していて、

「伴侶をそばに置くのも義務って思ってそ〜」

トドメと言わんばかりに誰かが発したこの一言に、息が止まった。

「こら！　なにお喋《しゃべ》りばかりしているの！　さっさと手を動かす！」

「「「はーい」」」

震える手を必死に押さえる私の頭の中は、先日会ったラディの言葉と、先ほどの陽気な彼女たちの言葉が反響していた。

城に滞在させるわけ。

伴侶はいらないという言葉。

公表しない理由。

伴侶をそばに置く義務。

「……そう、だよね」

「ん？　なにか言った？」

「なんでもないですよ」

グルグルグルグル考えて、突然すとんと胸に落ちてくるものがあって、落ち着きを取り戻していた。

ギルフォード様が厭《いと》う様子もいっさい見せず、私の存在を保護しようとしてくれたのは彼の優しさに他ならない。花紋で繫《つな》がってしまった、奇妙な縁にせめてもの情けをかけてくれたのだろう。

そしてギルフォード様は私の存在をいらないと思っていてもそれを隠し、これからも私を保護しよ

うとしてくれるに違いなかった。

　つまりギルフォード様と話をしたところで私がこの先ずっとこの城か、そうでなくてもギルフォード様の目の届く範囲にいることになるのはほぼ確実だ。

「フーリン様、ギルフォード殿下から許可が得られましたよ！」

「うん……」

「あれ、顔色がよくないですね。もしかして体調がお悪いですか？」

「そんなことは」

「いえ、すぐに部屋に戻りましょう。なにかあってからじゃ遅いですから」

　それからのラプサの行動は早く、リーダー格の女性になにかを言った後、私を促して部屋から連れ出した。

　そして自室へと帰り、侍女服を脱いだ後、柔らかなソファーに沈み込む。

「あっ、あの、ギルフォード様には言わないでね。本当にたいしたことないから……迷惑をかけたくないの」

「分かりました。でも今日はもう部屋で安静にしていてくださいね？」

「うん」

　ラプサのいれてくれたお茶を飲みながら、一人になった部屋で考えるのはもちろんギルフォード様のことだ。

　ラディは運命の伴侶が皇族の弱点となると言っていた。それはつまり、弱い存在だから狙われるということ。

つまりは、強くなれば弱点として狙われることもなくなるということではないだろうか。

「強くなる……？　どうやって？」

お父様が以前言っていたけれど、護身術でも習うべきだろうか。

いや、それでは意味がないだろう。そんな付け焼き刃では凄腕の刺客には到底太刀打ちができない。

「……そうだ」

運命の伴侶が狙われるというのならば、私がギルフォード様の運命の伴侶でなくなればいいのだ。

「そうだ、そうよ！」

そうとなれば私がこれからすべきことは、運命の伴侶という関係の解消方法を調べることだ。というより伴侶だと一目で分かってしまう花紋の消し方を調べたほうが早いかもしれない。

イルジュア、ひいては世界の宝であるギルフォード様を煩《わずら》わせるものが存在してはいけないから。

「よしっ、頑張ろ」

少し顔色の戻った私はなけなしの力を込めて握り拳《こぶし》を天に掲《かか》げた。

◇四話　知る必要性

花紋を消す方法を探すとは言っても、その方法が分かるならギルフォード様はとうの昔にそれをしているのでは、ということに気付いて、私は頭を抱えた。

「私ってほんと馬鹿」

周囲の空気に流されやすいところがあるという自身の性格は、留学の最中から薄々自覚してきてはいた。

たぶんそれは引きこもっていたことに起因していて、外の常識を知らなくても周囲に合わせておけばなんとかなる、という考えが私の根本にあるからだと思われる。

「だからって噂話に流されるのはよくないよね……」

冷静になろうと、ふーっと溜息を吐く。

皇城に来てから不安定な状況にいることになってしまったことで少し焦《あせ》っていたのだろう。

花紋を消す云々《うんぬん》よりもそもそも母国のことをほとんど知らない私は、まずイルジュア皇族というものについて勉強する必要があるのではないだろうか。

そう考えた私は城内にある書庫の使用許可を貰い、イルジュア皇族についての知識を得ることから始める。その際、どうせ暇になるだろうからラプサは付き合わなくていいよ、と言っておいた。

ズラリと並ぶ書籍の中から適当に選定し、パラパラと捲《めく》って文字を目で追っていく。

イルジュア帝国の今上皇帝は十三代目で、運命の伴侶である皇妃との間に息子を二人もうけている。

その二人の息子が、現在の皇太子殿下とその十歳歳下のギルフォード様だ。二人の母である皇妃陛下はギルフォード様を産んで体を壊してしまい、それ以来めったに外に出なくなったと聞いている。

現在の皇族の数は両手で数えられるほど少ないため、公務も必然と直系血族である息子二人が多く担うこととなり、仕事も大変なのだそうだ。

「……ん？　んんー？」

羅列《られつ》された硬い文章と、私の知る皇族事情を照らし合わせて私はかすかな違和感を抱いた。

しかし肝心の違和感の正体が分からず首を傾げたその時。

『イルジュアのおうじかあ。ノア、あそこはおすすめしないな～』

唐突にかつてのノアの言葉を思い出し、私はその場で固まった。

なぜあの時ノアがあんなことを言ったのか、結局理由は聞けずじまいでいるけれど、意味深なあの言葉を今思い出すなんて嫌な予感しかしない。

不安を払拭《ふっしょく》するためにも、他になにかいい本はないだろうかと棚を見ていると、隣からすっと腕が伸びてきて、私の頭上の本を取った。

え、と思い横を見ると、そこには美しい女性が優雅に微笑んでいて、いつの間にそばに来たのだろうかと目を丸くする私に、彼女は、はい、とその本を渡してきた。

「イルジュアのことをお勉強中なのよね？　これ読んでみて。イルジュア皇族歴代の運命の伴侶について書かれているわ」

「あ、ありがとうございます」

「いいえ。お役に立てばいいのだけれど」

アッシュブロンドに黒い瞳、垂れ目が印象的な美女はとても嬉しそうに私を見つめた。

彼女が誰だか分からなかった私が、失礼ながら、と切り出そうとすると。

「エイダ！　こんなところにいた！」

突然色素の薄い髪が視界に入り、驚いた私は一歩後ずさる。

女性の腰にすかさず腕を回したその人は、蕩けそうな顔をして彼女の頬にキスをした。

「もう、エルったら」

「部屋にいないから焦ったよ。こんなところでなにをしていたの？」

「ちょうどお会いしたところだったの」

「？」

ギルフォード様と同じ青い瞳を私に向けたこれまた美しい男性は、私の存在に今初めて気付いたように わずかに瞠目する。

しかしすぐに姿勢を正し、顔に万人受けしそうな笑みを浮かべて名乗った。

「はじめまして、僕の名前はエルズワース」

「わたくしはリフェイディールと申します」

聞き覚えしかない二人の名前に一瞬思考が停止しそうになるも、なんとか頭を下げて今言わなければならない言葉を頭の中で必死に探す。

「もっ、申し遅れました。私はフーリン・トゥニーチェと申します！　お二人におかれましては、ご機嫌麗《うるわ》しく……」

「ふふ、そんな堅苦しい挨拶《あいさつ》、公式の場だけで十分だよ。こんな場所で挨拶するのもなんだけれど、今後とも弟を、ギルフォードをよろしくね」

兄の顔をしてそう言ったエルズワース様に同意するように、リフェイディール様も頷《うなず》く。

「先ほどは不躾《ぶしつけ》に話しかけてしまってごめんなさい。ようやく会えて嬉しくなっちゃったの。どうぞ、わたくしとも末長くよろしくしてね」

二人の言葉に私は黙ってもう一度頭を下げるだけにとどめた。

「それじゃあエイダ、部屋に戻ろう。ようやく僕は解放されたんだ！」

「あら、それはお疲れ様」

「さっ、行こう！　じゃあまたね、フーリンちゃん！　ほら早く！」

「はいはい。じゃあフーリンちゃん、また時間がある時にでもわたくしのお喋《しゃべ》りに付き合ってくれると嬉しいわ」

我が国の皇太子と皇太子妃はそう言って仲睦まじく寄り添い、部屋を去っていってしまった。

「あ、はは」

突然の嵐の遭遇《そうぐう》に思わず気が抜けた私は、部屋の端に据えつけられていたソファーに腰掛ける。まさかこんな場所で会うことになるとは思わず、まだ心臓がバクバクしていた。

考えてみれば皇城に来てから私の心臓の負担がすごいことになっている気がする……。

心を落ち着かせようと、先ほどリフェイディール様から手渡された本に目を通すことにした。


「……ん、あれ。寝ちゃって……」

いつの間にかソファーに横になり意識を飛ばしてしまっていたらしい。

目を擦《こす》りながらゆっくり体を起こそうとした、けれど。

「――ッ!?」

私をすぐそばで見つめているギルフォード様の存在に気付いた瞬間、頭が覚醒《かくせい》し文字通り飛び起きた。

「で、殿下」

「体は痛くないか？　ソファーでは寝づらかっただろう」

「あ、それは大丈夫、です」

だらしない格好を見せてしまったことに猛烈に焦ったけれど、体を労《いたわ》られたことで怒られることはないと分かり、小さく胸を撫で下ろす。

しかし安堵《あんど》したのも束の間、「寝癖、ついてる」とギルフォード様が私の髪をゆっくりと撫でるものだから、途端《とたん》に湯気が出そうになるくらい真っ赤になった。

「はしたないところを、その、申し訳ありません」

「いや……」

縮こまる私の頭から手を離したかと思うと、そのまま私の手を取ったギルフォード様は真剣な眼差しで私を射貫《いぬ》いた。

「ようやく仕事にキリがついた。城に連れて来ておきながら今まで一人にさせてすまなかった」

「っ、大丈夫です！　侍女が相手をしてくれていましたし、お城で生活するという貴重な体験までさせてもらって感謝しているくらいです」

「……貴重な体験」

ギルフォード様がなにか小さく呟いたので聞き返そうとしたところ、ギュッと手を握り込まれる。

「フーリン」

「ひ、は、はいっ」

「明日、俺とデートしよう」

色気を含んだ唐突な言葉に、

「……はい？」

脳が瞬時に処理できず馬鹿みたいな声で聞き返してしまった私は悪くないはずだ。

◇五話　解氷の皇子

デート、なんてギルフォード様がそんな俗っぽいことを言うとは思わなくてつい聞き返してしまったけれど、どうやらあの言葉は本気だったようだ。

お誘いがあった翌日、私たちは馬車に乗り、皇族領としても有名な庭園に来ていた。そこは閑散としており、私たち以外に人の気配はない。

「それでは、どうぞお気を付けて」

「ああ、ご苦労」

それどころか侍従たちまで庭園の入り口で足を止めてしまい、まさか二人きりにされると思ってなかった私は、手持ち無沙汰に立ち尽くす。

そんな私に、侍従からバスケットを受け取った涼しい顔のギルフォード様は、空いている片手を差し出してきた。

「え、っと」

「あちらのほうが景色がいいからな。そこまで行こう」

私が迷子になるとでも思ったのだろうか、ギルフォード様に余計な心配をさせたことに申し訳なさを感じた。

「それなら支えていただかなくとも、ちゃんと付いていくので大丈夫ですよ」

「……俺が繋《つな》ぎたいんだ。ダメか？」

まさかそんな言葉を返されると思ってなかった私は、困惑しながら「いえ」とだけ答え、差し出されたままの手に私の手を乗せた。

ギュッ、と節くれ立った男性の手に握られたことで、自分との性差を改めて感じ、変にドギマギしてしまう。

「足元気を付けて」

「あっ、はい」

少し前を歩きながら足場を確認してくれるギルフォード様の広い背中を見ていると、変なことを口走りそうになって、慌てて口を押さえた。

……危ない、「私、もうすぐ死ぬんですか？」なんて言いそうになった。

一人勝手に焦る自分が恥ずかしくなって、口に当てていた手を頬に当てた。馬鹿なことしか考えられない自分自身に、今すぐにでも溜息を吐きたい気分だ。

私はギルフォード様が人間だと思っていない。というより同じ人間だと思えなかった。

顔の造形、プロポーション、オーラ、能力……、どこを取ってもギルフォード様が女神に愛されて生まれてきた人間だということを思い知らされる。だからこそ私は今、天の御使である彼に連れられてどこかの楽園にでも迷い込んでしまったのではないかと思ってしまったのだ。

そんなふうに頭の中でおかしなことを考えているうちに目的の場所に着いたようで、繋《つな》がれていた手が離された。

一面に広がる色鮮やかな花畑には蝶が舞い、少し離れたところにある湖は空から注がれる光でキラキラと反射していて、あまりの美しさに目を奪われる。

「綺麗《きれい》ですね」

「気に入ったならよかった。よければここで食事をとらないか？　侍従から軽く食べられるものを預《あず》かっておいた」

「そ、そうですね。殿下がよろしければ、ぜひ」

そうして始まった食事は、美味しいはずなのに緊張しすぎて味が全く分からなかった。

粗相しないようにだとか、がめつく見えてないだろうかとか、そういう余計なことばかりを考えてしまうのだ。

「フーリン」

「ふぁいっ」

静寂を破られて、反射的に背筋を伸ばすと、ギルフォード様は少し聞きづらそうな表情で私を見た。

「なぜ、フーリンは今まで俺に会いに来なかったのか、理由を聞いてもいいか？」

「そ、れは」

近いうちに聞かれるとは思っていたけれど、いざ問われるとパニックに陥《おちい》りそうになる。

ダイエットしていたと言うべきか、それとも適当に取り繕って説明するほうがいいのか。いや、そもそも私はダイエットのためにレストアに行ったんだっけ？　あれ？　と、頭の中でぐるぐると考えてしまうばかりで、咄嗟《とっさ》の判断ができない。真実を話すことが当然で、それでいてそれが彼に対して一番誠実な選択肢であることは分かっているにもかかわらず。

けれど、こうしてギルフォード様を目の前にしている今、どうしても口が開かなかった。

その時、――ああ、と私は頭のどこかで悟った。

結局のところ、初めてギルフォード様に会った時と同じように、彼に嫌われたくない、その一心だったのだ。

「私、その……」

ダイエットなんて、ギルフォード様からすればどうでもいい理由には違いなくて、だからこそ私は彼から頑張ってきたことを否定され、侮蔑の視線を送られることが怖かった。ダイエットしてこれか、なんて言われたら立ち直れないかもしれない。

「フーリン、大丈夫だ。今が無理なら、またいつか、話せる余裕が持てた時にでも話してくれたらいい」

「いいん、ですか」

「……待つのは得意だからな」

自嘲《じちょう》気味にこぼされた言葉は、私の罪悪感をさらに抉《えぐ》った。それと同時に、保身に走る、己の自己中心的な考えに、さらに落ち込んだ。

暗い雰囲気になりかけたその時、いつの間にそばに来ていたのだろうか、名前も知らない小動物が私の食べかけのバゲットを奪って逃げた。

「え!? あっ、まっ、待って、持っていかないでー!」

慌てて立ち上がり、追いかけようとした途端《とたん》、花に足を取られ盛大にこけてしまった。

幸い花がベッドとなって怪我はせずに済んだけれど、ものすごく恥ずかしいことをしてしまったと顔が赤くなる。

「す、すみません、お恥ずかしいところを……」

「大丈夫——」

ギルフォード様の言葉が不自然に切れ、同時に頭が重く感じたので不思議に思って視線を上に向ければ、先ほどの小動物が私の頭に乗っているのが見えた。

「へ⁉」

急いで頭に手を伸ばせど、飛び降りて逃げられるのは当然なわけで。動物に遊ばれるという情けないところを見せてしまい、どう思われただろうかと起き上がりながら恐る恐るギルフォード様をうかがった。

その瞬間、私はその信じられない光景に目を最大限まで見開いた。

「クッ、はは！　っ、ははは！」

——ギルフォード様が笑っていた。

何度か見たことのある口角を上げる作った笑い方でも、唇が弧を描くような大人びた笑い方でもない。それは年相応の、心の底から楽しんでいると分かる笑顔だった。

「……殿下も、笑うんですね」

まじまじと不躾《ぶしつけ》に見つめた上に、無意識に漏らした不敬とも取れる私の言葉に、ギルフォード様は不思議そうな顔をした。

「俺が、笑った……？」

「？　はい」

私が肯定《こうてい》したことでようやく自分が声を出して笑っていたことを自覚したのか、ギルフォード様は目を見開いて口元を押さえた。

「……人、たらしめる」

ギルフォード様はなにかを呟いた後、こちらをジッと見つめてきた。

そして、ふっと頬を緩めたかと思えば、

「んぎゃっ」

私を正面から抱きしめてくるではないか。

「でで、でん……っ」

「ああ……フーリン……可愛い」

突然抱きしめられ甘い言葉を囁いてくるだけでも内心が荒れて仕方ないというのに、抱きしめられる直前に見えた彼の表情が、昨日見たエルズワース様のリフェイディール様を見る表情と全く一緒だったことに気付いてしまった。

思わず体から力が抜け、その結果ギルフォード様に全身を預《あず》ける形となった私をギルフォード様は抱きとめ、さらにギュウッと力を込める。

受け止めきれない現状に困惑してしまった私の思考は、なにを思ったのか一周して逆に冷静さを取り戻す。

そしてその冷静さは私の中に別の不安を生んだ。

――今、ギルフォード様にデブだと思われていないだろうか、と。

痩せたとはいえ、それは平民の中の平均であって、ギルフォード様が見慣れているような貴族女性の細さでは決してない。

その不安はこの数週間考えていた悩みを吐露させることとなった。

「殿下は」

「ああ」

「殿下は、私が運命の伴侶であったこと、嫌だと思わなかったんですか？」

「全く」

間髪容れずに否定されことに驚いて反射的に顔を上げると、熱のこもったギルフォード様の青い宝石のような瞳が私を映していることに気付いた。

「君が俺の運命の伴侶でよかった。心の底から、そう思う」

その瞳はどこまでも真っ直ぐで、嘘だと否定するには熱と、甘さを持ちすぎていた。

信じられない彼の発言に思考が停止して、そのまま呆然《ぼうぜん》と見上げていると、なぜかその麗《うるわ》しい顔がどんどん近付いてきて――。

「!!」

我に返った私はなんとか寸前のところでギルフォード様の口を押さえた。

しかし不服そうな瞳を向けられたので慌てて手を離すと、途端《とたん》に逃げられないよう手首を優しく握り込まれる。

「あっ、えっ」

「唇がダメなら頬にならいいか？」

なに血迷ったことを言っているんでしょうか、この御方《おかた》は……！

「だ、ダメ、です」

「なぜ？」

「ダメったらダメなんです！」

「そうか」

ギルフォード様が私からスッと離れていくのを感じたので、諦めてくれたのだと安堵《あんど》したその時。

「――!!　……っ、い、ま、ほっぺ、ぇ」

「口にだってしたことがあるだろう？　なにを今さら」

はくはくと空気を食《は》む私を見て満足そうに微笑んだかと思うと、ギルフォード様は楽しそうに私の唇を親指でなぞった。

もたらされた言葉の内容に衝撃を受けた私は、腰を抜かす。

「危ない」

すぐさま先ほどと同じように抱き寄せられるが、そちらにまで意識を向けられるほど余裕はなかった。

「ど、どど、な、あの時、お、起きていたんですか……!?」

「意識はあったな」

「――」

今すぐにでも地面に埋まりたい気分だった。

触れることさえおこがましい、国宝級の体にあんな痴女紛《ちじょまが》いなことをしたのだ。それをあろうことか本人に知られていたなんて！

「あんなことをして本当に、本当に申し訳ありませんでした!!」

「なぜ謝る？」

「え、それは……殿下のお体に私なんかが触れたので……」

そこまで言ったところでギルフォード様は私の唇に人差し指を当て、少し困ったように苦笑した。

「俺はあの時死を覚悟していた。それだけギリギリの状況だった」

「……！」

「だがそれを他でもない……フーリン、伴侶である君が触れてくれたから、俺は救われた」

「私、が」

「本当に感謝している。ありがとう」

真摯な感謝の姿勢に、かつての苦しそうなギルフォード様を思い出して目が潤み出す。

そもそもギルフォード様があんなひどい状態になったのは、私のせいなのだ。だからこそ今、私は改めてお礼を言う必要があった。

「私も、殿下が魔物から守ってくださったおかげでこうして命があります。こちらこそ、本当にありがとうございました」

私の謝辞にギルフォード様はなぜか顔を歪《ゆが》めた。

「……しかし、後で聞いたがフーリンも怪我をしていたらしいな。その後すぐにレオが治したそうだが」

「はい。あ、でも大丈夫ですよ。奇跡的に少しの傷だけですみましたし、怪我した皆と比べたら私のなんてほんとに心配されるようなものではなかったんです！」

ギルフォード様の悔しそうな声に焦りを感じ、慌てて説明するも、暗い表情は変わらないままだ。

「それでも守ると言った以上、君に傷一つつけたくなかった。それにレオが治したというのがまた

「……」

「え？」

「いや……知らない者に突然連れて行かれて怖かっただろう？」

知らない者って誰だろうと一瞬考えて、それがノアだということを察した。ノアと知り合いだということはさすがに言わないほうがいいだろうと考え、探り探り言葉を連ねる。

「怖くなかった、って言えば嘘になりますけど、……でも、殿下が守るって、待ってるって、言ってくださったので」

「……」

「私は頑張れたんです」

本当ですよ、という意味を込めておずおずながら笑うと、ギルフォード様はわずかに固まって、それから心底幸せそうな笑顔を浮かべた。

「キスしていいか？」

「なんでですか!?」

「したくなったから」

「にしても唐突すぎ……あ、ちょ、ま、ままま待ってくだ、だ、ダメ！」

先ほどと同様目の前の口を両手で塞ぐと、目を細めたギルフォード様はなにを思ったか、ペロリと私の掌を舐めた。

「んぎゃあ！」

またもや可愛くない声を漏らし、私が手を離した隙を見逃さなかったギルフォード様は、「今はまだこれで我慢する」と言って、本日二度目の口付けを私の頬に贈った。

「……」

誰、『氷の皇子』なんて名前付けたの。

天の御使なんてとんでもない。

ギルフォード様は、私と同じ人間だ……!!

＊

デートはホッとしたような、そうじゃないような。それでも私の感情を根底から揺り動かしたことは間違いなかった。帰りの馬車の中、息を荒くしている私と、恐ろしいくらいに上機嫌なギルフォード様はひどく対照的だったけれど。

「大丈夫か？」

「なんとか……」

「窓を少し開けるか」

いろいろなことを話した後から、なぜか私のそばから離れなくなってしまったギルフォード様は、馬車の中でも私の隣にスペースを空けずに座るという行動に出た。

ここまでくれば馬鹿でも理解する。私はギルフォード様に気に入られているのだということを。彼の目を、言葉を、態度を見て、私を嫌っていると考えるほうが無理な話だ。

開けられた窓の隙間から、風と共に暖かい季節のみに咲く花の香りが吹き込んできた。

季節の変わり目を感じて心が落ち着いてきた時、私はある大切なことを思い出した。

「殿下、お願いがあるのですが……」

「ん？」

「かっ、顔が近いです！」

今日一日でギルフォード様との距離がグンと近付いたことには間違いはないけれど、距離の詰め方がおかしい。比較対象となる相手を今まで持ったことはないけれど、彼が異常なことは分かる。

ごめんなさい、ラディ。ギルフォード様に触れないというルール、どうやら守れそうにないです。

心の中で友に謝罪し、離れる様子のないギルフォード様を諦めた私は、こほん、と一度咳払いをして勢いよく頭を下げた。

「私を実家に帰らせてください！」

◇六話　痛感する

「――は？」

ギルフォード様から放たれた低い声に、馬車の中が一気に凍《こお》りついた。

「帰るって、どういうことだ？」

ギルフォード様が顔を強張《こわば》らせているのが分かり、なにかおかしなことを言ったのか心配になり首を捻《ひね》る。

「帰る」に私の考える以外の意味があったかな？　と焦りながら。

「……ひぇっ」

ギュッと手を握られたかと思うとそのまま甲を親指でなぞられ、途端《とたん》に全身が熱くなった。

「城を出るなんて、二度と言わないでくれ」

吐息を感じるくらい近くにいるギルフォード様の切実そうな表情を見て、そこで私はようやく気付いた。

ギルフォード様は私の意図とは違う捉え方をしたのだと。

「あっ、違います！　そういう意味ではないんです！」

「……ではどういう意味だ」

手を離してほしいのにそんなことを言い出せる空気ではなく、なんとか麗《うるわ》しい顔から可能な限り距離を取ってから口を開く。

「――母の、命日なんです」

ふ、と握られていた手から少しだけ力が抜けたのが分かった。

「フーリンの母……」

「はい、殿下もご存知だとは思いますが、母は私が小さかった頃に亡くなりました」

「ああ」

お母様の命日は、私にとって特別な日だ。

お城にいるようになったとしても、今年の命日も変わらずお母様に会いに行きたかった。

「勝手な願いであることは重々承知しています。ですが、どうか、母に会いに行かせてください。お願いします……！」

ギルフォード様が私という運命の伴侶を有象無象の外敵から守るためには、私が城から出ないことが一番都合がいいのは理解している。

それでもお母様に会いに行くことだけは譲《ゆず》れなかった。

目を強く瞑《つむ》った私の耳に、「構わない」という返事が聞こえ、思わずギルフォード様と目を合わせる。

「いいんん、ですか？」

「ああ」

「あ、ありがとうございます。本当にありがとうございます……！」

感謝の言葉を伝えると、なぜかギルフォード様は私の顔を凝視してきた。

そこでハッとなった私は、すぐに顔を引きしめてそのまま顔を逸《そ》らす。

「なぜ、笑うのをやめるんだ」

「えっと、お、お見苦しいと思いまして」

そう漏らした私の言葉にギルフォード様は顔を顰《しか》めたかと思うと、私の顎《あご》を摑んでさらに顔を近付けてきたではないか。

あまりの近さになにも反応できなくなった私は、ただ息を止めた。

「前から思っていたが、なぜフーリンは俺を見ない。なぜ俺を避ける。それほど、俺がそばにいることが嫌なのか？」

息を止めていた私は咄嗟《とっさ》に言葉が出ず、ふるふると首を横に振る。

「ではなぜだ。……フーリン、教えてくれ」

手の甲と同様に、次は頰を指でなぞられ顔が真っ赤になる。

この御方《おかた》、いちいち仕草《しぐさ》や声に色気が含まれていて、そろそろ私の頭が混乱と羞恥で爆発しそうだ。

女性に対して無意識にこんなことをしていればモテるのも無理はないよね、と現実逃避のように考えていると、美形が一段と近付いてきたので私は慌てて顎にあった手を引き離す。というか、息を止めるのも限界だ。

「……から」

「え？」

「殿下があまりにも美しすぎるから！　直視できないし、近寄れないんです!!」

開き直って叫ぶと、ギルフォード様は啞然とした顔をして、それから口元を手で押さえた。

「……殿下？」

黙ってしまったギルフォード様が心配になり、愚かにも顔を近付けると、ギルフォード様によって今度は両手で顔を固定されてしまった。

これでは次こそ顔を逸《そ》らせないじゃないかと焦りが止まらない。

「フーリンは、俺の顔は好きか？」

「っ、き、嫌いな人なんていないと思います」

「そうか、好きか」

「え、なん、ヒッ、だから近いんですっ。お願いですから少し離れてください……！」

「そうか」

「えっ、言葉が通じてない」

「そうだな」

あれ、これってまさか、からかわれているのでは。

今までのギルフォード様のイメージのままならばそんなことをする人ではないとすぐに否定できるけれど、今日一日でそれは難しくなってしまった。

ギルフォード様の考えていることが全く分からなくなった私は、ポツリと無意識に言葉をこぼす。

「嫌いっておっしゃるんでしたら、殿下のほうこそ、そうだと思います……」

「なんの話だ？」

「あ、と、なんでも、ないです」

「なんでもなくはないだろう。俺のほうこそ嫌い？　……まさか」

目を見開いて私を見てくるものだから、私はいたたまれなくなって顔を俯《うつむ》かせる。

「どうして、そう思った？　根拠は？」

「私のことを、公表しないって聞いて……それって殿下が私を、じゃ、邪魔に思っているってことでは……」

馬鹿正直に答えた私の言葉に、ギルフォード様は瞠目したままサーッと顔を青くした。

「なぜ、それを」

ギルフォード様の表情の変化に、やはり使用人たちが話していたことは正しかったのだと分かりやすく落ち込んだ。分かっていたことだったのに胸が痛い。

「服を作るお手伝いをしている時に、です」

険《けわ》しい顔になってしまった御方《おかた》を目の前に、私は申し訳なさに身を竦《すく》める。

「私みたいな者にいろいろと気遣っていただいて本当に感謝しています。今は殿下にお世話になることしかできませんが、なるべくお邪魔にならないようにするので……」

「——違う」

「え？」

顔を上げると、真剣な顔をしたギルフォード様が私を見据《みす》えていた。

「邪魔などと、一度も思ったことはない。思うはずがない。それは誤解だ」

「誤解、ですか」

慣例通りに公表しないのは、私が城の生活に慣れてからにしようと考えていたからで。世間に知られたら最後、様々な場所に駆り出され休む暇もないままになってしまう、と沈鬱な面持《おもも》ちでギルフォード様は息を吐いた。

「フーリンの気持ちが蔑《ないがし》ろにされてしまうことは避けたかったんだ。公表しない理由はただそれだけだ」

馬鹿なことを考えていたのが申し訳なくなるほど、ギルフォード様が私のことを慮《おもんぱか》ってくれていたことを痛感し、鼻がツンとなった。

「どうして、……殿下はそんなに私に優しくしてくれるんですか……」

「どうして？　──そんなの、決まっている」

　暗くなった空気を払拭《ふっしょく》するように、ギルフォード様は小さく笑ってこう言った。

「フーリンが俺の運命の伴侶だからだ」

＊

「ギルフォード殿下とのお出かけはいかがでしたか？」

「あ、うん。楽しかったよ」

「はー、運命の伴侶ってすごく憧《あこが》れます！　フーリン様は自分がギルフォード殿下の運命の伴侶って分かった時、どうでしたか？」

「とりあえず驚いたかな。あんな素敵な方の伴侶が私のはずがないとも思ったなあ」

うんうんとラプサは私の言葉に賛同するように頷《うなず》いた。

「自分なんか釣り合うはずがないって思っちゃいますよね！」

「分かってくれる!?」

「もちろんですよー！　平民ならなおさらですよね。……でもフーリン様は花紋がありますし、ギルフォード殿下の伴侶ってことは確実ですもんね！」

明るく言い放たれた言葉に、私は一瞬動きを止める。

そういえば、気がかりなことがあったのだ。

「実は私、まだ自分の花紋を確認されてないんだよね」

「へ？」

「確認されないまま普通にそういう立場として扱われているから少し不安で……」

「うーん、それは殿下に確認したほうがいいかもしれませんね」

「そうだね、今度聞いてみるよ」

話を聞いてもらって気持ちが少し楽になった途端《とたん》、ドッと疲れが襲ってきて瞼が重くなってきた。

「もうお休みになりますか？」

「うん……」

目を擦《こす》りながらベッドに入り込むと、ラプサが布団を丁寧にかけ直してくれた。

「一つお伝えし忘れていたのですが、後日皇妃陛下がフーリン様にお会いしたいとの伝言をお預かりいたしましたので、よろしくお願いいたしますね」

「え」

「それでは、お休みなさいませ」

ものすごく大切なことを言い残していった侍女を引き止めることもできず、私は呆然《ぼうぜん》と天井を見上げることしかできなかった。

◇七話　愛の女神

閑散とした廊下を歩きながら、案内役として私の少し前を歩くラプサに声をかける。

「ラプサ、昨日のあれはどういうこと？」

「昨日？」

「皇妃様が私に会いたいって言ってたやつだよ」

「昨夜申し上げたとおりですよ！　皇妃陛下、フーリン様に早く会いたいようで」

なんともない顔をしてそう言ったラプサの言葉に、私は眉を顰《ひそ》める。

扉の前に辿り着いた私たちは足を止めた。

「そんな話、ギルフォード様から聞いてないけど……」

「直接皇妃陛下より承りましたので、情報伝達の速さに差があるかもしれませんね」

「……ラプサは皇妃陛下と面識があるの？」

ラプサは楽しげな笑みを浮かべ、そこに立っていた騎士に建物の扉を開けるよう指示を出すと、目の前の荘厳な扉がギギギッと音を立てながら開けられていった。

「わたし、少し前まで皇妃様にお仕えしていたんです」

目をわずかに見開いた私を促すように、ラプサは左手を建物内に向けて動かす。

「足元にお気を付けて」

ラプサが皇妃陛下の元侍女なら、伝言を直接受け取るということも理解できる。しかしそれはラプサと皇妃陛下の間に繋《つな》がりがあるということを暗に言っているわけで。

「……」

その事実に気付いた私は背筋に冷や汗が伝うのが分かった。

「フーリン様は大神殿は初めてですか？」

「う、うん」

先ほどの話はもう終わったと言わんばかりに話しかけてくるラプサに、これ以上皇妃陛下についての質問はできず、私は諦めて頭を切り替えることにした。

皇城で私が足を運べる場所は決まっていて、基本的には私の部屋からすぐ近くの範囲のみ。

私としてはそれだけでも特に問題はないけれど、例外的に皇城に隣接するこの大神殿も、皇族専用の通路を使うことを条件に訪問を許されていた。

大神殿に行っていいと初めて聞いた時は、『いかなる時も女神に対する信仰の自由は妨げられない』としているイルジュアらしい考えだなと思ったものだ。まあそうしたイルジュアの信条も、最近本を読んで知ったところではあるけれども。

大神殿が初めてどころか街にある普通の神殿にだって一度も足を踏み入れたことがなかった私は、興味深く神殿の中を眺める。

芸術的な内装に目を奪われながら神殿の奥まで歩を進め、そこに据えつけられている女神の像を見上げる。女神の表情はまるで私を歓迎しているかのように慈愛に満ち溢《あふ》れていた。

愛の女神、ロティファーネ。

ほぼ全ての国民がロティファーネの存在を心の拠り所として彼女を崇拝している。また、国教としても認められているため、イルジュアの社会に女神の存在が根付いているのだ。

あいにく私自身は信仰していないため、女神という存在についてあまりよく知らない。お父様もお母様も神殿に行っていたところを見たことがないし、そもそも二人の口から女神の名前が出た覚えもないのだ。

私が女神を信仰していないのも無理はない話、のはず……。

「ラプサはここによく来るの？」

「はい。……運命の人と結ばれるために毎日女神様とお話しさせていただいているんです」

女神を真っ直ぐ見据《みす》え力強く言いきったラプサを、信仰心のかけらもない私は物珍しく眺めた。

「フーリン様はあまり神殿が身近ではなかったようですが、でしたら女神様にまつわるお話はあまりご存知ないですか？」

「お恥ずかしながら……」

「なら知っておくべき話だけでもお教えいたしますね！」

ラプサ曰《いわ》く、それは愛の女神の名にふさわしい神話だと言う。

「かつて女神ロティファーネには愛し子がいました」

『愛し子』の名にふさわしいほどの女神の寵愛《ちょうあい》を受けていたその愛し子は、神でもない、天使でもない、ただの人間だった。老いて死ぬだけの、人間だった。

愛し子は生まれ落ちたその時からロティファーネの加護を受け、怪我一つ、病気一つすることなく、健康、というには少しおかしな体を持って育った。

また、愛し子はとても頭がよかった一方で感情をほとんど出すことのない物静かな人間だったという。一度見たことや聞いたことは全て記憶し、決して感情的になることなく、天才の異名《いみょう》をほしいままにしていた。

天才ゆえに周囲の人間から遠巻きにされがちなそんな彼女は、適齢期を超えても伴侶となる相手を見つけられずにいた。そんな愛し子を哀れに思った女神は、彼女にぴったりの相手を見つけてやることにした。

愛し子がその『運命』である伴侶が誰であるか分かりやすくするために、女神は愛し子とその相手となる人間の体に同じ紋様を刻み込んだ。

「――花紋」

「はい、そうです！」

愛し子は本能のままに伴侶を探し求め、ついには同じ紋様を持つ己の伴侶を見つけ出し、結ばれることができた。そして愛し子は伴侶を見つけたその時から、感情がとても豊かになり、ロティファーネをさらに喜ばせた。

二人の間に生まれた子もロティファーネは愛し、愛し子の血族が愛し子のように困ることのないよう、運命の伴侶が分かるよう成人した暁には『花紋』を出現させるようにしたのだ。

「これが現在のイルジュア皇族の『運命の伴侶』のお話です。いかがでしたか？」

「興味深いなとは思ったけど、その愛し子って自ら伴侶を望んだの？　……そうじゃないなら愛し子の意思はどこにあったんだろう」

それはまるで女神様によって運命にさせられた、と捉えられるような話だ。

「それは――」

ラプサがなにか言葉を返そうとしたその時。

「其方《そなた》がフーリン・トゥニーチェか？」

気配なく私の背後に現れたのは、腰まであるウェーブがかった濃い紫色の髪に、吊り上がった青い瞳を持つ美しい女性だった。

突然声をかけられたことに対して、というよりは、誰かを思い出させる外見に対して、私は驚きに目を見開き全身を強張《こわば》らせた。

「平民というものは挨拶すらできないのか」

怒気を含んだ声で私を見下ろす女性を私は知らないけれど、圧倒的な美貌とオーラで否が応でも理解する。

イルジュア帝国皇妃、アデライン様だ。

「おい、なにか喋《しゃべ》らぬか。それとも言葉を発することもできない無能なのか？」

「あっ、その、大変失礼いたしました！　ふ、フーリン・トゥニーチェと申します……！」

「ふん、こんな礼儀もなっていない小娘がギルフォードの伴侶だと？」

冗談だろう？　とでも言いたげな皇妃陛下に、私は頭を上げることができない。

「なあ、トゥニーチェの娘よ。ここの暮らしは快適か？　其方の実家と変わりなく、不自由はしてないか？」

意図の読めない問いかけに私は喉が詰まりかけながらそろそろと頭を上げるも、凍《い》てついた鋭い視線を受けてしまったことで完全に臆してしまい、口を開けなかった。

扇子《せんす》で口元を隠した皇妃陛下は、私がなかなか返事をしないことに苛立《いらだ》ったのか、不快そうにさらに私を睨《ね》めつけてきた。

「トゥニーチェの娘！　さっさと答えぬか！」

「ッ、その、とてもよく、していただいて、います！」

「そうか、そうかそうか」

先ほどの様子と打って変わって、にこにこと微笑み始めた皇妃様に、私は困惑して固まった。皇妃陛下の考えていることが全く分からない……！

「おお、そこにいるのはラプサか。久しいな」

背後にいるラプサは、皇妃陛下の声かけに頭を垂れるだけで、言葉を発しようとはしなかった。

なんとも言えない空気に猛烈に逃げ出したくなった私の下へ救いの主が舞い降りたのは、皇妃陛下が私になにかを話しかけようとした直前のことだった。

「なにをしているんですか」

腕を引かれ硬い胸元に鼻をぶつけたかと思えば、片腕で力強く抱きしめられていた。私を抱きしめている人の正体にすぐに気付き、顔が熱くなる。

「おや、ギルフォードじゃないか」

「……母上」

「ふん、そのような目で見るな。会ったのは偶然さ」

「そうですか。では早く御自身の宮にお戻りください」

「つれないことを言うな、久々の親子の再会だというのに」

久しぶりの親子の再会ともなれば積もる話もあるのではないかと思ったけれど、どうやらこの二人の関係があまりよくなさそうだということはすぐに理解できた。ギルフォード様の声が、私に話しかける時のものと比べ物にならないほど低いのだ。

「……ギルフォードよ、お主困っていることはないか？」

「あったとしても母上に話すことはありません」

「そうか」

緊迫した空気に、ギルフォード様の腕の中で静かに息を呑む。ここで私が動くのはとても危険だということを本能が悟っていた。

「まあいい。可愛い息子の言う通り自室に戻るとしよう。ではな」

皇妃陛下が去った後、ギルフォード様はラプサを下がらせ、神殿内に二人きりになった。

腕の力を緩めたギルフォード様は、密着した状態のまま私の顔を覗き込む。

「怪我はないか？　母上になにか言われたりはしなかったか？」

まるで敵にでも会ったような心配ぶりに、私は顔の強張《こわば》りを解けないまま「大丈夫です」と苦笑する。その返事の仕方が彼の疑念を深めてしまったのか、ギルフォード様の瞳が忙《せわ》しなく動く。

全身を見られている羞恥心から逃れたい一心のはずなのに、なぜか吸い込まれるようにギルフォード様の顔を見ていると、先ほどの皇妃様の姿が思い出された。

「皇妃陛下と、同じ瞳の色ですね」

「……まあ、母だからな」

ギルフォード様の複雑そうな表情に、私はやってしまったと口を押さえる。

「すみません……」

「いや、気にしないでくれ。それよりフーリン、君の母上に会いに行く許可が正式に下りた」

唐突な話題の変換に目を瞬かせるも、ギルフォード様の言葉の意味を理解した瞬間じわじわと顔に笑みが広がっていく。

「あ、ありがとうございます！」

「俺も付き添うからそのつもりでいてくれ」

「……えっ、そんな、お忙しいのに私のために時間を割《さ》いていただくのは申し訳ないです！」

この前届いたラディの手紙にメロディア様が新国王に即位する旨が書かれていたので、隣国であるイルジュアもその対応に追われるだろうことは馬鹿でも理解できる。

ほとんど放置されていた二週間も、きっとこうした事情があったのだろう。そう考えれば、ギルフォード様は今でさえ私にかまっている時間はないはずだ。

「……俺がフーリンのそばにいたいだけだ。ダメか？」

「だ、ダメじゃないです……」

首を傾げるのは反則だと思う。

＊

その日の夜、ベッドに腰掛けボーッとしていた私の視界の端に白いものが映った。

「ばあ！」

「……ノア」

「あれー？　ぜんぜんおどろかないんだね～」

「慣れたのかも」

「ちぇ～」

残念そうな声を漏らすノアの姿に、少し力が抜けてベッドの柱に頭を預《あず》ける。

「フーリンおつかれだねー」

「お疲れだよ……」

「よしよし、ノアがほめてあげる～！　きょうもがんばったねー、えらいぞー！」

思いの外《ほか》優しく撫でられ、そのなんともいえぬ心地よさに、ベッドに沈み込んでしまう。

「おしろでのせいかつはどーお？」

「……ノア、前に言ってたよね。イルジュア皇族はおすすめしないって。あれってどう言う意味？」

「ん～～？」

頭の後ろで手を組んだノアは私の質問に答える気はないのか、テーブルの上にあるお菓子を漁り始める。

「これたべないのー？」

「お菓子は必要な時以外食べないって決めてるの」

「おおー、さすがだねえ」

「もう、話をはぐらかさないで！」

ノアはチョコレートを一粒口の中に放り込むと、もごもごと口を動かしながらソファに背を預《あず》けた。

面白いくらいのリラックスぶりだ。

「フーリンもうすうすかんづいてるんじゃないの〜」

「まだ、なにも分かってないよ」

「うんうん、それでいいよ！　そのうでわをちゃんとつけてたらだいじょーぶい」

「……あの時、第一に勝手に連れて行ったこと、許してないんだからね」

さらにもう一粒チョコの包みを広げたノアは、少し考えるような間を作ったかと思った瞬間、私のそばに移動すると同時に私の口の中にチョコを押し込んだ。

「む!?」

「これでゆるしておくれ〜！　ノアたんとってもはんせーしてる！」

「してない！　絶対してない！」

「あー、ノアなんだかねむくなってきたなあ。てことでフーリンじゃあねー！　いいゆめみますよーに！」

「あっ、ノア！　……もう」

途端《とたん》に静けさを取り戻した部屋で一人溜息を吐きながら、仕方なく口の中のチョコを溶かしていく。

久しぶりに食べたからなのか、チョコレートは思いの外《ほか》甘かった。

◇八話　紫髪の男の子

人生で初めて孤児院という場所を訪問したあの日、私は一人の男の子と出会った。

「こっちみんな、くそぶす」

とにかく第一印象は最悪だった、私より背の低い、紫髪の男の子。

「!?　ふーりん、ぶすじゃないもん！」

「どんだけじぶんにじしんあんだよ。きも」

「っ、う、うわあああん！　おかあさま〜っ！」

生まれて初めて受ける暴言に大きな衝撃を受けた私は、一緒に来ていたお母様に抱きついて泣き声を上げる。

「どうしたの、フーちゃん」

「あのこが、ふーりんのこと、グスッ、ぶ、ぶすって〜!!」

「ありゃりゃ」

よしよし、と頭を撫でてくれる手の温かさに少し落ち着きを取り戻すも、すぐ近くにいる男の子の存在が怖くてお母様から離れることができない。

そんな私の様子を男の子は一瞥《いちべつ》し、すぐに興味を失ったかのように他所を向いてしまった。

「おーい、少年。よかったらこの子と遊んであげてくれない？」

「!?」

　ここで遊ぶにしてもこの子とだけは遊びたくないと思った私は、涙目で勢いよく頭を横に振る。

「少年、無視はさすがに悲しいぞー？」

「うるせぇ、ババア」

「バッ……！　こらこらこら、これは聞き捨てならないなあ？　まだまだピチピチの年齢ですけど～!?」

「……はっ」

　憤《いきどお》るお母様の全身に視線を走らせ、鼻で笑った男の子は、私たちの存在など邪魔だとでも言うように近くの窓を飛び越え姿を消してしまった。

「おかあさま、もうかえろうよ！」

「……」

「おかあさま？」

　反応が返ってこないことを不思議に思って顔を上げると、……そこにはとても悪い顔をしたお母様がいて、私はビクリと肩を揺らす。

「く、くくく」

「お、おかあさま？」

「くははは!!」

　高笑いまで上げたお母様は、男の子の消えた窓を見据《みす》え、口の端を吊り上げた。

「面白い。いいだろう、今日のところは見逃してやるさ。だがな、少年。このエテルノ様から逃げられると思うなよ……!!」

覚悟しておけ！　と声を張り上げるお母様は、絵本の中に出てくるキャラクターに負けないほどの悪役ぶりだった。

＊

「フー……」

私の頬を誰かが優しく撫でている。

お母様だろうか。今日は孤児院に行くからフーちゃん早く！　なんて起こしに来たのかもしれない。

その後に続く言葉はきっとあの男の子に向けられたものだ。

「まだ……む…か？」

お母様にしては手が骨張っている気がする。それにお母様の声はもっと高いはずだ。

「そろそろ……くぞ」

ゆっくりと意識が浮上してきたところで、

「フーリン」

耳に甘ったるい声が吹き込まれ、

「起きないとキスするぞ」

完全に目が覚めた。

飛び起きるように姿勢を正し、起きたアピールをする私を少し残念そうに見つめるギルフォード様を目の前に、私は羞恥と焦りで顔を思いきり背ける。

久しぶりに城の外に出られることに興奮していた昨晩はなかなか寝つけず、結局ほとんど眠れないまま朝を迎えてしまったのだ。

ああ、ギルフォード様と二人きり馬車の中で寝てしまうなんてなんて失態。

失礼なことをしてしまった上に寝顔まで見られてしまった。これを馬鹿と言わずなんと言うのだろう。

「すみません、寝てしまっていました」

「大丈夫だ。昨晩はあまり眠れなかったんだろう？　ここで少しでも体を休められたのならいい」

ギルフォード様の懐《ふところ》の深さに勝手に感動するも、

「それに……」

「それに？」

「可愛い寝顔も見れたことだしな」

「――――!!」

思わぬ言葉の襲撃を受けた私は、馬車が止まるまで真っ赤になった顔を上げることができなかった。


「おかえり、私の天使」

「お父様、ただいま！」

お母様の命日である今日はお父様も家にいることが分かっていたから、私ははしたないことを承知で全力でその胸に飛び込む。

「元気にしてたかい？」

「うん！　殿下にもよくしていただいてるの」

「それはよかった」

お父様は私の背後に視線を移し、目を細めた。

「ようこそ我が家へいらっしゃいました。娘のためにこのような待遇……、殿下の慈悲の深さに感謝するばかりです」

「よせ、むしろ俺のほうが感謝するところだろう」

頭上で交わされる会話になぜか背筋が冷たくなるのを感じ、私はそっとお父様から離れる。

するとお父様が私と視線の高さを合わせ、にこりと微笑んで私の頭を撫でた。

「少し殿下とお話があるから、フーリンは先に会いに行っておいで」

「え、でも」

一人になるのはさすがによくないんじゃないかと後ろを振り向くと、ギルフォード様もお父様の言葉に同意するように頷《うなず》く。

「騎士が付いていくから構わない。後で俺もそちらに行こう」

「わ、分かりました」

なんとなく早くこの場を離れたほうがいいと察した私は、足早にお母様のお墓へ向かった。

＊

裏庭、花が一面に咲き誇る場所にお母様は眠る。

今年も綺麗に花が咲いていることに癒されながら歩いていると、裏庭の中心、お母様がいる場所の前に誰かが立っているのが見えた。

あの見覚えのある後ろ姿は――。

「レオ！」

紫髪の男の人はゆっくりこちらを振り返り、思いきり顔を顰《しか》めた。

「なにその顔」

「なんでお前がここにいるんだよ」

「お母様の命日だからに決まってるよ。レオだってそうでしょ？」

「そういうことじゃない。お前、今城にいるんだろ」

卒業以来で久しぶりの再会だというのに、相変わらず私に対する態度が悪いレオにムッとしつつも、レオの言わんとしていることを理解し、ああ、と家があるほうに視線を向ける。

「私がギルフォード様にお願いしたの。本当はダメみたいなんだけど、どうしても譲れなくて」

「ふーん」

「興味ないなら聞かないでよ」

「興味ないとは言ってない」

「じゃあ興味あるんだ」

「ふん、思い上がんな」

「ムカつく〜ッ！」

ムカつくことはムカつくのに、どうしたことか。小さな時から決して変わることのない私たちの間にある空気が、不安定な場所にいる今の私をひどく安心させた。

「てか肝心のその皇子はどうした」

「家でお父様とお話してる」

「お前を一人にしてか？」

「近くに騎士の方がいてくれてるよ、ほら」

「ふーん」

「やっぱり返し方が雑！」

「お前にはこれぐらいでちょうどいい」

「はー!?」

「うるさい」

私の相手をするのに飽きたのか、レオはお母様の墓標を見つめ黙ってしまう。

その姿を見た私も口を閉ざし、持ってきた花を置き、お母様に向かって手を組み目を閉じる。

エテルノ・トゥニーチェここに眠る、と刻まれた文字を見つめながら、しばらくお母様に話しかけていると、突如強い風が吹き抜け、花弁が一斉に空に舞い上がった。

「この人はさ」

急に口を開いた幼馴染《おさななじみ》のほうへ、顔を向ける。

「死んだ気がしないんだよな。今にも俺らの背後からドッキリだったとかなんとか言って現れそうだ」

レオの言葉が簡単に想像できてしまった私は、涙腺を緩ませながら思わず笑ってしまう。

「……そう、だね。無駄に空気読めない時に出てきて私たちを驚かせそう」

「間違いない」

ふわり、ふわり、と花弁が私たちの間を縫うように落ちている。

その中で静かに、悲しそうに笑ったレオの横顔に、私は静かに息を呑んだ。

「……あのさ、レオって」

無意識のうちにそこまで喋《しゃべ》って慌てて口を閉ざすも、先ほどの幻想的な空間など早々にどこかへやってしまっていたレオが聞き逃すはずもなく。不遜な態度で私を見下ろしてくる。

「俺が、なんだよ」

「あ、えっと、なんでも、」

「言え」

「……レオって、施設を出た後なにをしてたの？」

突拍子もない私の質問に、レオは「今さらすぎねえ？」と訝《いぶか》しげに眉根を寄せた。

「いやあ、そういえばちゃんと聞いたことがなかったなあと思って」

えへへ、と誤魔化《ごまか》すように笑えば、レオは呆《あき》れた顔をして視線を遠くへやってしまう。

「魔法の勉強してた」

「それは分かってるよ。ほら、もっと誰と一緒にいたのかとか、どこで勉強してたのかとかさ」

「……なに企んでやがる」

「えっ、私ってそんな認識!?」

素で驚いた私の様子を見たレオは片眉を上げると、再び沈黙を選んでしまった。

先日初めてお会いした皇妃様の姿を思い出すたびに、私の喉は渇きを訴える。いや、そんな、まさか、とあれから何度自分の考えを否定しただろうか。

それでも否定しきれないなにかがあったからこそ、私は今こうしてレオの笑った姿に「やっぱり」と思い、動揺しているのだ。

皇妃様の瞳は美しい、ギルフォード様と同じ、空色の瞳だった。そこから血の繋《つな》がりは確かに感じたし、仲はあまりよくなさそうだったけれど二人が醸《かも》し出す空気も親子だと思わせるようなものだった。

なのに。それなのに。皇妃様を一目見た瞬間、私の脳裏に浮かんだのはギルフォード様でも皇太子様でもない、

――幼馴染《レオ》の姿だった。

レオと皇妃様が本当の親子、なんてそんな馬鹿げた考えを口に出してはいけないなんて、この私ですら分かっている。

人には言えないことだからこそ、私は――。

「おい、どうした」

「っ、え、あー、レオって私と同い年なのに、私と大違いですごいなあって思って」

だからどんな努力してきたんだろうって気になっただけだよ、と弁解する言葉を続けようとするも。

「は?」

「え?」

　私の言葉を遮るように上がったレオの声に思わず顔を上げると、今にも溜息を吐きそうな顔をした男の人は、いきなり私との距離を一歩縮めた。

「俺と、お前が、同い年？」

「え、レオって私と同い年……だよね？」

　露骨《ろこつ》に動揺が表れてしまった私の問いかけを聞いたレオは、私のおでこを指で軽く弾き、べ、と舌を小さく出した。

「バーカ、俺はお前の三つ上だ」

「……」

　ああ、そうだ。そろそろラディに手紙の返事を書かなきゃいけないんだった。次はなんて書こうかな。同い年だと思っていた幼馴染が、十年の時を経て三つも年上であることが判明した時の対処方法を聞くのもいいかもしれない。

　なんて現実逃避をする私の耳に、わざとらしい大きな溜息が届いたことは……言うまでもないだろう。

◇九話　愛を求めて

あまりの衝撃に頭が真っ白になった私は、なにか反応しようと混乱した頭で言葉を捻《ひね》り出す。

「二十歳……学生……イッ」

「聞こえてんだよ」

さっきよりも強いデコピンをされ、おでこを押さえながらレオを睨《にら》み上げる。

「別に事実を言っただけだもん」

「事実じゃねえ」

まだ爆弾発言でも落とされるのかと咄嗟《とっさ》に身構えたのはどうやら正解だったらしく。

「俺は学生として第一《あそこ》にいたわけじゃない。……研究のためにいただけだ」

今日はもうこれ以上驚くことはないだろう。

そういえばレオが授業を受けている姿どころか、制服を着ている姿すら見たことがなかったことに思い至る。

認識するのが本当に今さらすぎて思わず真顔になり、一周回って冷静になった私は、「なんの研究？」と尋《たず》ねる。

「魔法」

「いや、だからそれは分かってるって」

「言ってもお前は理解できねえだろ」

「確かにそうだけどさ……」

こうやってレオはいつもはぐらかす。

私が理解できないから、とかそういう次元の話じゃない。絶対になにかあるであろう真実を私に伝える気はこの男にはさらさらないのだ。

「レオのばーか」

「お前にだけは言われたくねえセリフだな」

「ばーかばーか！」

「ついに頭が壊れたか」

私を馬鹿にする言葉とは裏腹に、私の頭頂部に乗っていた花弁を取るその手つきは優しい。

興奮した私が馬鹿らしくなって黙ると、レオは花弁を捨てて私を真っ直ぐに見てくる。

「……お前さ」

「うん？」

躊躇《ためら》うような顔を見せたレオだったけれど、すぐにいつもの無表情に切り替えた。

「今、幸せか？」

なにかまた衝撃発言でもされるのかと思って身構えていたのに、拍子抜けするようなことを問われ、目をパチリと瞬かせる。

どういう意図で尋ねてきたのか少し考えてみたけれど、私のような凡人に天才の考えが分かるはずもなく。

「幸せだよ」

ここはこう答えておくので間違いないはずだと、笑う。

なのになぜかレオは不服そうな顔をして私を睨《にら》んでくるものだから、私は困惑してしまう。

「もう、なあに？　私に幸せになってほしくないって、こ、……と」

気付いた時にはレオの顔が私の至近距離にあって、その近さに私は息を呑むことさえ躊躇《ためら》った。喋《しゃべ》ろうものなら唇が触れてしまいそうなほどの距離だ。

「フーリン」

近すぎる距離も意味が分からないし、ここで私の名前を呼びながら右手首を握ってくる意味も分からない。

これまた今さらではあるけれど、レオの顔のよさを目の当たりにしてしまいパニック寸前だ。

「いいか、もしお前が――」

ザアアと再び強い風が吹き上がり、私はレオの言葉に目を見開く。

その言葉の意図を聞き出そうとしたその時、後ろからグッと腰に手が回ったかと思うと力強く引き寄せられた。バランスを崩して胸に飛び込んでしまうも、その人は微動《びどう》だにせず私を抱きとめる。

「久しいな、レオよ」

「……どーも」

「以前の仕事の時ばかりか、この短時間で我が伴侶までも世話になったようだな。礼を言おう」

ギルフォード様が私を抱きしめていることに加え、二人が対峙《たいじ》する空気が張り詰めていることに気付いた瞬間、ぶわりと嫌な汗が吹き出るのを感じた。

邪魔をしてはいけないと、自分の気配を殺すべくギルフォード様から離れることを一旦諦め、口を固く結ぶ。

「少しでも目を離すのが悪いんじゃねえの」

「そうだな、それはこちらの落ち度だった」

苛立《いらだ》ちを滲《にじ》ませながら会話していることが恐ろしく、私は二人の年齢を考えるという現実逃避を始めた。

当然、思考はよくないほうへ行ってしまう。

レオが二十歳なら、ギルフォード様の一つ歳上になるということで。皇妃様がギルフォード様を産む前に皇妃様の不貞があったなら――。

いやいやいや、そんなわけない。

そもそも皇妃という立場である以上、ギルフォード様を産む前にお腹が大きくなれば周囲には誤魔《ごま》化《か》せない。つまり私の考えは見当違いもいいところなはずだ。

現実逃避のはずが思考の渦に囚《とら》われそうになり、意識を戻したのはいいものの。

「あ、れ、レオ帰っちゃったんですか」

いつの間にか姿を消していたレオに驚いて、キョロキョロと辺りを見回していると、ギルフォード様の腕から解放された。

「……すまない」

「？　どうして謝るんですか？」

「レオはフーリンの幼馴染なのだろう？　つまらない嫉妬で二人の会話を邪魔をしてしまった」

「しっ!?」

嫉妬、という聞き慣れない言葉に不意をつかれ目を見開くと、ギルフォード様は心外だとでも言うように片眉を上げた。

「俺が嫉妬しないとでも思ったか？」

「え、いや、そういうことではっ。そもそも殿下は……ッ！」

肩を掴まれたかと思った次の瞬間、先ほどレオと体験したことがギルフォード様によって再現されていた。

そう、ギルフォード様の麗《うるわ》しい御顔が私のとっっってても近くにあるのだ。しかも両者のおでこが完全にくっついて、距離はゼロ。

「他の男にこんなことをされていて俺が正気でいられると思ったら大間違いだ」

甘い言葉と吐息にトドメを刺された私は腰を抜かした。

「大丈夫か？」

「大丈夫、じゃないです……」

「そうか、なら」

「っ、え!?」

視界が一気に高くなり咄嗟《とっさ》にそばにあった首に抱きつくも、いわゆるお姫様抱っこというものをされていると分かった瞬間、全力で暴れた。

「降ろしてください！　重いですから!!」

太っていた時の感覚から羞恥のままに叫べば、ギルフォード様はおかしそうに「全く重くない」なんて宣《のたま》う。

「ぜったい嘘です。お願いですから降ろしてください……っ！」

「嘘は言ってない。城に帰るまでこのままでいたいくらいだ」

涼しい顔をしてそう言うものだから、頭がおかしくなってしまったのではないかと本気で疑ってしまった。

「そうだな、今の軽いフーリンもいいが、重くなったフーリンもいいだろうな。重ければ重いほどフーリンという存在を堪能《たんのう》できそうだ」

この時のギルフォード様の言葉は私にとって耳を疑いたくなるような内容で、暴れることを止めてしまうぐらいには衝撃的だった。

「――なにを、言ってるんですか」

「ん？　女性は体重を気にするだろう？　俺としては太っていようがいまいがどちらでも構わないと思ってな」

「かまわ、ない」

「努力をするに越したことはないが、……まあどんな姿でも好ましいということだ。もちろんフーリンに限った話だがな」

そうなんだ、とあまりにも素直に納得してしまった。

つまりこの皇子様は他人の外見を気にしない人、ということで、今までギルフォード様にどう思われるかを気にしてきた私は初めて肩の力が抜ける感覚を覚えた。

「……殿下」

「どうし……っ」

トン、とギルフォード様の肩に自分の頭を預《あず》けると、一瞬彼の全身が強張《こわば》った気がしたけれど、すぐに優しく抱き直し、私の首筋にそっと口付けを落とした。

お母様の墓前であることを思い出したのは、ギルフォード様が挨拶をしようとしたその時だった。

＊

夢の中、ベッドの上で微睡《まどろ》んでいる私の頭を誰かが撫でている。時折頬に手を滑らせ、私の存在を確かめるように指を動かしていた。

「……ん」

少しくすぐったくてみじろいだ私の名前を呼ぶ声がする。

薄く目を開くと、私に触れるのはギルフォード様で、昼のことを再現した夢かな、なんてぼんやりとした頭の中で考える。夢なら素直に聞きたかったことを聞けるかもしれない。

「でん、か、は」

「起こしたか？　すまない、俺に気にせず、」

「どして、皇妃陛下と、仲がよくないんですか……？」

「――」

少し待ってみても返事はなく、やはり夢でも聞いてはいけないことだったのだと察する。

やっぱり私は馬鹿だなあと反省しながら別の夢でも見ようと自分の頭に念じていると、「母上は、」と話し始める声が聞こえた。

「あの人は、俺の存在を嫌悪している。俺が生まれなければよかったと思っているくらいだ」

「……」

「小さい頃からそうだった。……まあ普通の子どもらしくない俺が気味悪かったのが原因だろうがな」

あいにく『普通』の子どもの定義が分からない私には、『普通』の子どもらしくないギルフォード様を想像することは叶わなかった。

「これはあまり言いたくないが、……俺が嫌われている以上、フーリンにとって母上が害になる可能性は十分に考えられる。近付けさせないようにはしているものの、先日のようなこともあるから気を付けてほしい」

「……はい」

夢にしてはリアルな回答が返ってきて、少し戸惑いながら返事をすると、ギルフォード様は私の顔にかかる髪を耳にかけてくれる。

「こんなことを言うと怖がらせてしまうのは分かっている」

「私は、大丈夫、ですよ……？」

ギルフォード様は切なげに眉を垂らし、静かに首を横に振った。

まるで私に『大丈夫』と言わせないようにしているみたいだ。

「別に俺自身母上に愛されたいと思ったことはないし、これからも思うことはないだろう」

それでも、とギルフォード様は一呼吸おいて、私の手をその大きな手で包み込んだ。

「フーリンだけは、俺を愛してほしい。ずっと、俺のそばにいてほしい……っ」

ギルフォード様がこんなにも情けない顔をしている。

ずっとずっと完璧だと思っていた皇子様が、笑って、泣いて、怒って、悲しんでいる。

「……殿下も、私と同じ、ですね……」

それを知れたことでなんだか安心してしまった私は、彼の指に私のそれを絡める。

「そばに、います」

——貴方が私から解放されるその日まで。

そう心の中で呟き、脱力しきった笑みを浮かべれば息を呑む音が聞こえた気がした。しかし夢の限界が来てしまったのか、私はそのまま脱力してベッドに沈み込み、完全に目を閉じた。

◇十話　悩みばかり

殿下も笑うんですね、なんて意外そうに目を丸くする自分の伴侶の言葉に耳を疑った。

冷酷無慈悲の皇子と恐れられる俺が、人間じゃないと言われ続けてきたこの俺が、――笑った？

幼かった日のこと、花紋が現れた日のこと、伴侶を探し続けた日々がフラッシュバックしたと同時に、言葉では表せない激しい感情がじわじわと胸の内から迫り上がってくる。

俺を唯一『人』にしてくれる人。それが誰かなんてもう分かりきっていた。

視界に映る己の伴侶に向かって微笑み、彼女が抵抗する前に抱きしめる。

堰《せき》を切ったようにあふれ出る愛しさは表情に出ていたようで、一瞬見えたフーリンの顔は信じられないものを見たような表情が浮かんでいた。

心外だとは思ったが、腕の中にいる小さくて柔らかい生き物の温かさに一瞬にして意識を奪われる。

大抵の貴族女性は痩せすぎていて骨が目立ちすぐに死んでしまいそうな身体だが、フーリンは決してそのようなことはなく、適度な柔らかさがありずっと触れていたくなるような気持ちよさだ。

むしろ男が好みそうだな、と考えたところで一気にフーリンに群がる想像上の男どもに対する嫉妬心が燃え上がる。その上、フーリンが不安そうな顔をして自分が運命の伴侶でいいのかなんて聞いてくるものだから、俺の我慢は限界を迎えてしまった。

頬にキスしたことは反省も後悔もしてない。むしろ早く唇にもしたいと気持ちが急いたくらいで。

まさかこれから先唇だけはおあずけをくらうことになろうとは、この時微塵《みじん》も思いはしなかったが。

＊

「さて、手短に済ませましょうか」

向かいのソファーに座るウルリヒの表情は険《けわ》しい。

ウルリヒから差し出された書類に並べられた文字を読んでいくにつれて、自分の眉間に皺《しわ》が刻まれていくのが分かった。

「デイヴィット・キャンベル、か」

「ヘルヅェの件もあって最近はだいぶ大人しくなってましたが、思ったより復活が早かったですね」

ヘルヅェ家がイルジュアに麻薬を密輸しようとした事件で、裏で手を引いていたのがデイヴィットだと言われている。

残念ながら確実な証拠は見つからず無罪放免となったわけだが、さすがに皇族に目を付けられた状況で動くのは危険だと思ったのか、ここ最近は鳴りを潜《ひそ》めていた。

イルジュア帝国貴族の末席に身を置くデイヴィットは昔から野心が強く、自分が皇帝になろうと目論んでいるとさえ言われている男だ。さらには、デイヴィットは俺の目の前に座るこの男を敵視しているところがあり、その確執は関係者の間では有名な話であった。

デイヴィットがウルリヒを嫌う理由の一つは、平民なのに皇族のお抱えとなっているところだ。

ウルリヒはデイヴィットを相手にすることがないので、それが余計にデイヴィットの敵対心に火をつけており、毎度のごとくなにかと騒ぎたてるデイヴィットの態度は中枢部を悩ませていた。

「いやはや、この男は昔から私に執着しすぎて気持ちが悪い。留学中のフーリンの周囲も嗅《か》ぎ回っていたので少しばかりお灸を据えてやりましたが、どうにも懲《こ》りない」

「で、今回はフーリンが城にいることに勘づかれたわけか。……頭が痛いな」

「まだなにも行動を起こしていない手前、私が表に出るわけにはいきませんから、フーリンのことをよろしくお願いいたします」

「分かった」

こめかみを押さえながら書類から目を上げると、ウルリヒはなんとも言い難い顔で俺を見ていた。

「なんだ」

「いえ、悩みというものはいつになってもなくならないものなのだなと」

ウルリヒがなにを言いたいのか薄々勘づいてはいたが、あえて触れることでもないかと考え、足を組み直しソファーの背に体を預《あず》ける。

「女神に祈ったらどうだ」

「あいにく私は女神に対する信仰心はございませんので」

「そう言えば其方はそうであったな。……ということは」

とある真実に気付いた俺は思わず前のめりな体勢で眉根を寄せると、ウルリヒは肯定《こうてい》の頷《うなず》きを見せニヤリと笑った。

「娘は女神の意思の表れである花紋が出てもすぐに貴方様に会いに行こうとはしなかった。その行動は普通この国の民なら有り得ないこと。……お察しの通り、そんな行動ができたのは他でもない、フーリンが女神の存在を信じていないからですよ。信じていないものの言葉に従う義理もない」

「フーリンが俺に会いに来なかったのはお前のせいか？」

楽しげに口角を上げるウルリヒに苛立《いらだ》ち、無意識のうちに口調が荒くなるが、そんな俺の様子を気にすることなくウルリヒは大袈裟《おおげさ》に首を横に振る。

「まさか！　全てフーリンの意思ですよ。私は少し背中を押してあげただけです」

「それを其方のせいと言うんだ」

息を小さく吐きながら目を閉じる。

わずかに落ちた沈黙をウルリヒが破るようなことはしなかった。

「俺は、どうしたらいいだろうか」

「おや……殿下らしくない発言ですね」

からかった、というよりは普通に驚いたのか、ウルリヒはわずかに目を見開いている。

「彼女が俺を信用してないことは分かっている。俺との接し方に悩んでいることも」

「まあ、そうでしょうね」

「だからこそ俺はどうしたらいいか分からない。フーリンがそばにいることが嬉しくて衝動のままに行動してしまうが、それだと彼女は怖がったままだ」

伴侶の父親にするような話でないことは分かっていたが、正直に頼ってしまったほうがなにか解決の糸口が摑める気がしたのだ。

皇子の威厳を見せすらしなくなった俺の様子にウルリヒは肩を竦《すく》めると、仕方なさそうに笑みを浮かべた。

「フーリンはよく自分を馬鹿だと卑下しますが、本当はとても聡い子です。ちゃんと人を見ている」

「……」

「だからこそあの子とは誠実に、丁寧に、真っ直ぐ向き合ってあげてください。運命の伴侶だから、なんて曖昧《あいまい》な誤魔化《ごまか》し方をせずに」

一人の父親としての表情を浮かべるウルリヒの言葉を噛みしめるようにして頷《うなず》く。

「私はあの子と向き合えなかったから……、その分殿下の真摯な姿勢は心に響くと思いますよ」

「向き合えなかった……？　どういうことだ？」

「いえ、こちらの話です」

それこそ曖昧に誤魔化《ごまか》したウルリヒに、それ以上踏み込むことはせず、片眉を上げるだけにとどめた。

「フーリンを殿下のもとに行かせたのはあの子にいろんな世界を見てもらいたかったからに過ぎません。運命など私の前ではあってないようなものです。それをゆめゆめお忘れなきよう」

「肝に、命じる」

ウルリヒが本気でフーリンを隠してしまえば俺が探し出すのはほぼ不可能だ。

目の前の男にはそれを叶えてしまえるだけの頭と実力があった。

だからこそ俺は一度だって間違えるわけにはいかないのだ。

「とまあ、娘と離れることとなった腹いせに少し意地悪をしてしまいましたが、私は別に殿下とフーリンを引き離したいなどとは思っておりません」

どこまで本気なのかを見極めようとしても、ウルリヒはいつもと変わらない涼しい顔をしているだけで。

「私はフーリンの味方ですから。その意思に従うまでですよ」

「原則は、だろう」

「ふふ、そうですね」

原則があれば例外があるのが普通だ。その例外がなにかをきちんと把握しておかなければ、最悪の事態に繋《つな》がる可能性があった。

「さて、そろそろ殿下もフーリンのところに向かわれたほうがよろしいかもしれませんね」

額面通りに言葉を受け取ればいいはずなのに、悪戯《いたずら》げなその笑みに嫌な予感がする。

無言で睥睨《へいげい》する俺に対し、ウルリヒは顔を逸《そ》らして外に目をやった。

「別になにも企んではおりませんよ。ちょうど今、大魔導師のレオが来ているというだけの話です」

「それを早く言え!!」

飛び上がるように立ち上がった俺を、ウルリヒはなぜか引き止める。

最後に一言だけ。その後に続いた言葉は、

「トゥニーチェの名前は大きい。くれぐれも貴方様のそばにいる腹黒の主にはお気を付けくださいませ」

皮肉がよく効いていた。

＊

母上に対する想いを初めて人に吐露したその瞬間は、がらにもなく緊張した。フーリンがどんな反応を見せるのか怖かったからだ。

しかしそんな俺の不安など杞憂に終わるどころか、フーリンは俺の心に寄り添ってくれさえした。

思わず口に出してしまった愛の言葉は、幸か不幸か彼女に届くことはなく、空気に溶けていく。

柔らかい手を握りしめたまま反対の手でシーツを握りしめた。

「はー……くそ」

らしくないのは分かっている。でも俺らしさなんてフーリンを前にするとどうでもよくなってしまう。

フーリンの特別になりたい。その一心で俺はこれからも、らしくない言動ばかりするのだろう。彼女に心を開いてもらうために、信頼してもらうために。

そして心から信頼してもらえた暁には、ありったけの俺の愛を伝えよう。

フーリンの存在を感じたくて頬に口付けた後、勢いよくシーツに顔を埋める。

ああ、本当に。

「好きすぎて胸が苦しい……」

◇十一話　無理です

「フーリン様」

「んー？」

実家に帰った翌日、いつものように暇つぶしに裁縫をしていると、お茶を運んできたラプサが話しかけてきた。

「殿下との熱い夜はいかがでしたか？」

「ごほっ⁉　……っ⁉　へ？　え⁉　ごほっごぼっ」

予想もしていなかった言葉に虚《きょ》をつかれ、気管に紅茶が入り込んでしまい盛大に咽《む》せてしまった。

「大丈夫ですか⁉」

「だ、大丈夫。ちょっと驚いただけ……で、えーと、その熱い夜……っていうのはなんのこと？」

「またまた、誤魔化《ごまか》されなくてもちゃんと分かっておりますよ。昨夜殿下がこの部屋に入室されたのをこの目で見ておりますから」

昨夜と言えば疲れが出てすぐに寝てしまったはずだし、そもそもギルフォード様が来た覚えなんて――。

「え」

とんでもないことに思い当たり、ピシリと体が固まる。

そんな、まさか。あれは、夢じゃ。

「フーリン様？」

「……なんでもない。うん、昨夜はなにもないよ。なにか用事があって来られたのかなぁ？　私は疲れて寝ちゃってたから申し訳ないことをしちゃった」

考えれば考えるほどどつぼにはまりそうなので一旦思考を放棄することにし、極力冷静なフリをして適当に喋《しゃべ》ると、ラプサはにこりと笑って「そうでしたか」と答えた。

「私とギルフォード様はそんな仲じゃないし、邪推《じゃすい》しないでね!?」

「フーリン様は、殿下のことをお好きではないのですか？」

「す、好きとかまだそういうのじゃ……」

ごにょごにょと誤魔化《ごまか》すように下を向くと、ラプサがなにかつぶやいたように思えた。

なんだろうと顔を上げてもラプサはただ笑っているだけで、これ以上は特にこの話題に触れるつもりはないようだった。

「そうだ、実は皇妃陛下からお菓子を頂戴《ちょうだい》しているんです。フーリン様にと」

「皇妃陛下から？」

皇妃陛下の名前を聞いただけで顔が引き攣《つ》ってしまう。初対面が怖かったことに加え、昨夜のギルフォード様の忠告を思い出したからだ。

「日持ちしないものだから早く食べてほしいとのことでしたので、午前中のティータイムはこちらにさせていただいても大丈夫ですか？　フーリン様はいつも甘いものは召し上がりませんけれど、今日くらいはいかがですか」

「……うん、お願いします」

「かしこまりました！」

皇妃陛下からの贈り物を断ることなどできるはずがなく、着々と準備が進められていくのを眺めることしかできなかった。

あっという間に目の前に用意されたパウンドケーキはとても美味しそうなのに、どうしてか食指が動かない。

「どうぞ、お召し上がりください。皇族御用達《ごようたし》のお店の物で、陛下ご自身もお気に入りの逸品《いっぴん》なんです」

「……そうなんだ」

これは食べるのをやめるべきだろうか。

けれど今さらやっぱりいりません、なんて言う勇気もなく。

こんなことでギルフォード様を呼んでも迷惑になるだけだし。

と、ぐるぐる悩んだ結果、『ええい、女は度胸！』とフォークを手に取り勢いよくケーキを口に入れようとしたその時だった。

「そのケーキ、俺も貰おうか」

いつの間にそこにいたのだろうか。扉に寄りかかりこちらを見ている麗人が一人。

みっともなく開けていた口を慌てて閉じ、ケーキを突き刺したままフォークを置いて立ち上がる。

「殿下、どうしてこちらに？」

お仕事中では、と続けた私のほうにギルフォード様は歩いてくると、私に座るよう促しながら自身も私の横に腰掛けた。

「休憩」

「そうなんですね」

「というのは体《てい》のいい言い訳で、フーリンに会いたくなったから来た」

「そう、なんですか」

こんな口説き文句を息を吐くように言えてしまうのだからやっぱり皇子様ってすごい。

昨日の実家訪問によって少しだけギルフォード様との距離が縮まったからか、横に座られても不思議とパニックになることもなく……、いや、うん、こちらをめちゃくちゃ見つめてくるのはさすがに勘弁してほしいけれど。

「……」

ほら、やっぱりみっともなく顔が赤くなってしまう。

「ふ、……可愛い」

からかわれているとは分かっていても、耐性のない甘い言葉に早々に撃沈してしまって、そばにあったクッションを引き寄せ顔を埋めた。

「顔見せて、フーリン」

ふるふると顔を横に振れば、なぜか耳元に人が近付いてくる気配を感じ――。

「ひっ」

ガバリと起き上がり、耳を押さえながらソファーの端まで逃げる。

「いいい、今、み、みみっ」

「フーリンが俺を見てくれないのだから仕方ないだろう？」

「仕方なくないですっ」

いまだに耳を食《は》まれた感覚が残っていて、ドクドクと心臓が面白いくらいに暴れている。

涼しい顔をしている目の前の人の唇を呆然《ぼうぜん》と眺めていると、それに気付いたギルフォード様は楽しげに口角を上げた。

「続きをしたいのは分かるがまだ人払いをしてないからな」

「――‼」

ギギギと顔を正面に向けると、驚愕の瞳でこちらを見ているラプサがいた。

羞恥で口をパクパクとさせることしかできない私に代わってギルフォード様が口を開く。

「なにを突っ立っている。早く用意しろ」

「っ、失礼いたしました。すぐに！」

我に返ったラプサは慌てて準備すると、ギルフォード様の命令通りに部屋を出て行ってしまった。

「アレは母上の元侍女だからな、警戒しておくに越したことはない」

「殿下もご存知だったんですね」

「フーリンも知っていたのか？」

「本人が教えてくれました」

「アレをフーリンの侍女にしたのは兄上だが……はあ」

複雑そうに溜息を吐いたギルフォード様を心配そうに見上げれば、頭を撫でられた。

兄弟の中でもいろいろあるんだなあ、と頭の悪そうな感想を持ったその時、はたと気付いた。

「あ、殿下は警戒していたからラプサに対して少し冷たかったんですね？」

ギルフォード様のラプサに対する態度が私に対するものと違いすぎて違和感を感じていたけれど、理由が分かれば納得できる。

しかしなぜかギルフォード様は私の言葉を肯定《こうてい》することなく、ジッと見つめてくる。

「俺が『氷の皇子』と呼ばれているのは知っているか？」

「はい。でもそれって正しくない呼び名ですよね。こんなにも殿下はお優しいし、笑顔なのに氷の皇子なんて……ひゃっ」

腕を引っ張られたかと思うと次の瞬間ギルフォード様に抱きしめられていた。

「俺は決して優しくないし、人に笑いかけたりしない」

「でも」

「フーリン以外にはな」

腕の中から見上げると、想像通り優しい顔をしたギルフォード様が私を見下ろしている。

とろりとした美しい瞳からなぜか目を離せなくてそのまま見つめ合っていると、

「キスしたい」

爆弾発言が落ちてくるものだから、思いきりギルフォード様を突き放した。

「け、けーき、そうケーキ！　殿下も召し上がるんですよね!?」

「……ああ」

横から聞こえてくる忍びきれていない笑い声は無視して、熱い顔を手で扇《あお》ぎながらケーキの皿を手に取る。

するとフォークが取られたかと思うと、刺されていたケーキはそのままギルフォード様の口に消えてしまった。

「毒は、なさそうだな。遅効性のものでもなさそうだ」

「な！　なんで先に食べちゃうんですか!?　なにかあったらどうするんですか！」

「フーリンは毒の耐性がないだろうしな。俺が食べたほうが安全だろう」

「でも……！」

『もしも』を考えた時、とてつもない恐怖に襲われた。顔を青ざめさせる私になにを思ったのか、ギルフォード様が私の顎《あご》を指でなぞる。

「フーリンが覚悟を決めた顔で食べようとするのを見て俺のほうが肝を冷やした」

「それは、んぐ」

唐突にギルフォード様の手によってケーキを口の中に突っ込まれ、思わず固まる。

「お互い様、というやつだな。まあ母上もこんなあからさまな手は使ってこないだろうが、次なにか贈られてきても手をつけないようにしてほしい」

ギルフォード様が困ったように笑うものだから、私はただ頷《うなず》くだけにとどめ、あとは舌に残る甘さを味わうことにした。同じフォークを使ってしまったことはこの際置いておこう。

それからは二人でケーキを食べながら他愛もない話をした。なんとなくではあるけれど、ギルフォード様の私に対する態度が変わったのが分かる穏やかな時間だったように思う。

改めて私のことを知っていきたいというギルフォード様の申し出によって改めて自己紹介をすることになった。

「苦手な食べ物はあるか？」

「特にはないですね。ここのお食事もとても美味しいですし、とても気に入ってます。私一人で食べていいのかと不安になるくらいのご馳走に最初は慣れないくらいでした」

ギルフォード様は私の言葉に苦笑すると、自身の太ももに両肘をつき両手を組みながら話し始めた。

「……今まで一緒に食事をとれなくて申し訳ないと思っている」

「そんな、殿下が謝られることでは」

「忙しさにかまけてフーリンを独りにさせてしまったことは俺の責任に他ならない」

「いえいえ、本当に大丈夫ですよ。詳しいことはなにも知りませんが魔物の件とかレストアかテスルミアの問題がたくさんあるんですよね？　それこそ食事も睡眠もとる時間がないほどだとお聞きしてます」

つい最近ローズから初めて手紙が来たけれど、やはりテスルミアもテスルミアで大変そうだった。ラディの忙しさも言わずもがなだけど、あの人に限っては手紙の返信だけはなぜかとても速いので、私の情報収集は基本的にラディ頼りだ。

「間もなくレストア新国王の即位式が行われる。それが終わったらフーリンとゆっくり食事をとる時間が取れそうなんだ」

「……はい」

明確な言葉はなかったけれど私との食事を望んでくれるギルフォード様の言葉に照れ臭くて頬を掻くと、ギルフォード様は優しく私の頭を撫でた。

「じゃあ話は戻るが好きな料理はあるか？」

その問いに、私は視線を上に向け脳内にある記憶を手繰り寄せる。

太っている頃好きだったものから今日まで食べたもの。その中で私の好きな料理と言えば――やっぱり。

「ラドニーク様の手料理が好きです」

「ラドニーク……？」

その名が出てくるのは予想外だったのか、ギルフォード様は僅かに目を見開いて首を傾げた。

「ラドニーク様の趣味は料理なのですが、機会があって食べさせてもらえることになって、そこからずっとあの方の料理の虜《とりこ》ですね」

「……へえ、本当に仲がいいんだな」

「料理を教えていただくこともあったんですが、やっぱりラドニーク様の味はなかなか出せなくて……」

「フーリンも料理ができるのか？」

相槌《あいづち》の声が低くなったことには気付いたけれど、特に気にすることもなく昔というにはまだ新しい思い出を振り返っていると、ギルフォード様が変なところに食いついてきた。

「たいしたものは作れませんが、少しなら」

「食べたい」

「へ」

「フーリンが作ったものを食べたい」

ギルフォード様が、私の作ったものを、食べる？

「え、無理です」

「なぜだ」

間を置かずに断った私を恨めしそうに見てくるけれど、無理なものは無理だ。

「皇子様の口に入れられるようなものなんて作れるわけないですよ！」

「ラドニークは食べたんだろう？」

「う、ら、ラディはあくまで私の先生として」

「……羨ましい。俺だってフーリンの手料理を食べたいし、愛称で呼ばれたい」

ラディの呼び方を間違えてしまって余計にお願いが増えてしまった。ギルフォード様を愛称で呼ぶなんて、恐れ多くてそれこそ一生無理な気がする。

「俺はフーリンの伴侶なのにダメなのか？」

なぜ、そんな悲しそうな目で私を見るのか。

それに今さらではあるけれど、俺の伴侶、なんて言われるとギルフォード様が私の旦那様のように思えてきてしまう。

「なあ、フーリン」

「～～っ、分かりました！　料理作ります！　作りますから少し離れてください！」

限界を超え肩を上下させる私を眺めるギルフォード様はなんとも嬉しそうな顔をしている。

「昼食が楽しみだな。さすがにフーリンが作ったものならちゃんと時間をとって食べる」

「えっ、さすがに今日は無理ですよ？　材料もないですし、厨房の方に許可を取っていませんし……というか厨房は私の行動許可の区域外ですし」

「いやこの近くに使用人用の簡易厨房がある。いつでも使えるようにと材料もある程度は揃《そろ》っているはずだ」

それなら大丈夫かなと思いつつも、やっぱり厨房の方の仕事を私がとってしまうのはいけないのではないだろうか。それに、城内とはいえ公にされていない以上、私はあまり人目に触れないほうがいいのだろうし。そう思い立ち、そのことをギルフォード様に伝える。

なにかを言い返そうとしたギルフォード様を止め、私はさらに言葉を続けた。

「三食のお食事のどれかを作らせてもらうのは遠慮しますが、夜食はどうですか？」

「夜食？」

「いつも遅くまでお仕事されているって聞いているのでお腹も空くと思いますし……どうでしょうか」

恐れ多いのを承知で提案してみると「それでもいい」と承諾を貰えたので安堵《あんど》の息を小さく吐く。

「本当にたいしたことないですから期待しないでくださいね」

「そう言われると逆に期待が膨らむな。分かった、でも楽しみに待つことは許してくれ」

「……はい」

期待も楽しみも正直変わらない気がするけれど、あまりにも嬉しそうな様子のギルフォード様に水を差すことはできなかった。

「あの、お仕事もあまり無理しないでくださいね。お忙しいのは分かっているのですが、やっぱり、その、心配なので……」

「……フーリン」

「いやっ、あの、すみません。私ごときが心配なんておこがましいですよね！　今のは聞かなかったことにしてくださいっ」

ギルフォード様が優しいからって調子に乗りすぎたことに気付き、焦りながら手を振って誤魔化《ごまか》そうとすると、なぜかその手を摑まれ引き寄せられる。

「嫌だ、って言ったら？」

「………ちゃんと、寝てくださいね」

「仰《おお》せのままに、我が伴侶」

私の手の甲に落ちた柔らかい感触と耳慣れない言葉は、私の羞恥を高めるには十分な威力を発揮した。

◇十二話　変わった人

「うー、夜食、夜食……なに作ろう……」

約束したのはいいものの、肝心のメニューが全く思い浮かばない。

夜遅いのだから消化がよいものにしたほうがいいのはわかっているけれど、いかんせんレパートリーが少ないためこのまま悩み続けていてはあっという間に夜を迎えてしまう。

簡易厨房を覗かせてもらった際、ギルフォード様の言うとおり一通りの食材は揃《そろ》っていることがわかった。奇をてらったものでなければなんでも作れそうだ。

メニューに関してはラディに尋《たず》ねるのが一番確実な方法だけど、忙しいと知っているのに返事を書いてもらうのも気が引ける。

「あ、そっか、本！」

書庫に行けばあれだけの蔵書数なのだから料理に関する本だってなにかしらあるに違いない。

そう思い至った私は書庫へ向かおうと思って、そこで以前リフェイディール様にお勧めされた本を返していなかったことに気付いた。

ベッドサイドに置いておいた本を手に取り、なんとなくページを捲《めく》る。

皇族の運命の伴侶について詳しく書かれているこの本は図や絵で説明されていて、とても分かりやすかった。

歴代の運命の伴侶の絵姿、花紋、生い立ち、皇族との出会いから死ぬまでのこと等々。

内容を思い出すと自然と苦虫を噛みつぶしたような顔になり、溜め息を吐きながら本を閉じる。

「うん、それより今は料理本探しのほうが大事」

気を取り直し書庫へと向かい、役に立ちそうな本を見つけ出した後、いい天気なこともあって外で読むことに決めた。

私がいる区域は立ち入れる人が限られているから、基本閑散としている。だからベンチがある場所へ向かうその道にしゃがみ込んでいる人影を見つけ、心臓が飛び跳ねた。

壮年の黒髪の男性がこちらを見ている。

当然私の知らない人で、どうしようという焦りばかりが生まれる。外に出るのではなかったという後悔が一気に襲ってきた。

「ここの区域に立ち入れる人間は限られているはずだが……お名前をお伺いしても？　お嬢さん」

「私はフー……あ、えっと、フー、です」

バカ素直に本名を名乗りそうになり、咄嗟《とっさ》にフーと名乗る。

男性は私の狼狽《うろた》える様子を見て緑の瞳を細めながら立ち上がり、額に流れる汗を拭《ぬぐ》った。

「ではフーさんとお呼びしようか。私のことはディーと呼んでもらえたら」

「ディーさん、ですか」

早くこの場を離れたほうがいいんだろうけれど、逃してくれそうな雰囲気ではない。

「フーさんはお勉強でもされているのかな？」

「え？」

「たくさんの本を抱えているからそうなのかと思いましてね」

「あ、これは料理の本です」

「ほう、すると貴女は厨房で働いてらっしゃる？」

「いえ、これは趣味といいますか……」

ドクドクと心拍が速くなっていく。

会話が誘導されている現状に、背中に冷や汗が伝うのが分かった。

「ああ、分かった。大切な人のために作ってあげるんだね」

「!?」

「題名がそれらしきものばかりだから」

『重たくない夜食』、『貴族の食事』、『栄養バランス入門』、『彩《いろど》りの極意』等の題名を見ただけで、自分のために作らないとすぐに推測できるものなのだろうか。

警戒心がどんどん膨れ上がっていく私に対し、ディーさんはどこかおっとりした空気を醸《かも》し出したままだ。

「そっ、それよりディーさんはなにをされていたんですか？」

「ふふふ、見ての通り庭を弄《いじ》っているよ」

露骨《ろこつ》に話を逸《そ》らしたことに笑われはしたが、本についてそれ以上言及されなかったことに内心で安《あん》堵《ど》の息を吐く。

ディーさんは造園業をするのにぴったりな作業服を着ていて、既《すで》に所々泥で汚れている。右手には剪定鋏《せんていばさみ》、左手には草が握られていた。

「もしかしてディーさんは庭師なんですか？」

「のようなものかな」

断定しなかったことに首を傾げたものの、これ以上踏み込んではいけないと思い、「そうなんですね」と言って曖昧《あいまい》に微笑み返す。

「フーさんはよくここを通るのかな？」

「たまに、ですね」

「よかったらまたここにおいでなさい。ここら辺りは私が担当しているからぜひ景観を楽しんでほしくてね」

「……機会があれば」

暗に拒否したことで不快にさせてしまったかもしれないとディーさんを見るが、彼はただ笑っているだけで、その事実がさらに不安をあおった。

「あの、私はこれで」

「用事はいいの？」

「はい、大丈夫です。お気遣いありがとうございます」

そっか、じゃあまた、と手を振られたので作った笑みを浮かべ遠慮がちに振り返しながらディーさんから離れる。建物の陰に入ったところで、改めてディーさんがいる方向を振り向いた。

ディーさんは庭師のようなものだと言っていたけれど、あれはどう見ても貴族のそれだ。

泥に塗《まみ》れようと洗練された所作や空気は隠せるようなものではなく、特に私のような平民には違いがよく分かった。

「……変わった人」

＊

卒業以来となる料理はとても緊張した。

ギルフォード様が召し上がるものを、ど素人の私が作るという事実だけでも失神しそうなのに、なにより当の本人が後ろで作業を見守っているのだからそれはもう下手なことはできないというプレッシャーがすごかった。

実際にギルフォード様が厨房にやって来たのは下ごしらえが終わった後くらいだったけれど、なにも言わずに優しげな瞳で見つめ続けられるのは本当に心臓に悪い。

「あの、あまり見られると緊張してしまうので……」

「ああ、すまない。そもそも料理という行為自体見るのが初めてだから興味深くてな」

「普通は見る機会がないですもんね」

魚介類で出汁をとったスープが沸騰したのを確認すると麺を投入し、くっつかないようゆっくりと混ぜる。

「今のはなにを入れたんだ？」

「芋麺《いもめん》というものです。テスルミアの土部族地域の特産品らしいですよ。まさかこんなものまであるとは思わなくて驚きました」

名前の通り麺は芋から作られたもので、食感はもっちりとしていて噛み応えがある。胃もたれはしないけれど適度な満腹感を得るためにちょうどよさそうだったため選んでみた。

いい感じに茹で上がってきたのを見計らい、塩その他諸々を入れて味を調整した後、琥珀色のスープと麺をお皿に移す。

この後は下味をつけて蒸しておいた鶏胸肉を食べやすい大きさにスライスし、スープの上にバランスよく乗せる工程に移るのだけれど。

「俺もやってみたい」

「……殿下がこのお肉を切りたいということですか？」

コクリと頷《うなず》かれ、まさかの申し出に驚きこそしたけれど、まあギルフォード様ならできるだろうと代わってみれば。

「わあああ！　まっ、ストップ！」

「ん？」

「ダメです、そんな左手を伸ばしたままじゃ。指切っちゃいますよ！」

ギルフォード様に怪我をさせてしまうという最悪の事態が頭をかすめ、バクバクと心臓が嫌な音を立てた。

「ふむ、ではどうしたらいいんだ？」

「こう、軽く手を握るんです。……そうです、で包丁はこう……」

いつの間にか私はギルフォード様の手に自分の手を重ね、背後から抱きつくような姿勢で指導していた。

殿下に怪我をさせないように！　という一心だった私は、ギルフォード様の視線が私の手から顔に移動してきたことでようやく失態に気付いた。

「ももも申し訳ありません！」

「……むしろもう少しそのままでもよかったけどな」

プシューと赤くなる私にギルフォード様は悪戯《いたずら》げな笑みを見せると、再び作業に戻った。

偉そうに指導してしまったことを反省した私は一つ咳払いをすると、それからは横から見守ることに努めた。

「こんな感じでいいか？」

「はい！　綺麗に切れていますね。初めてなのにとてもお上手です！」

「……そうか」

一瞬固まったように見えたギルフォード様を見て、私はまた自分がやらかしてしまったことを理解した。

「す、すみません、何度も偉そうに。最後に緑を載せたら完成ですので……」

「いや、違うんだ。なんというか、こうして人から褒められたことがなかったから新鮮……、違うな。ああそうだ、嬉しかった、だな」

そう言ってくしゃっと笑ったギルフォード様は少し照れたように右頬を擦《こす》った後、照れを誤魔化《ごまか》すように緑の葉をお肉の上に乗せ料理に彩りをつけた。

——可愛い。

ギルフォード様の一連の言動に、不敬ながら私はそんなことを思ってしまった。それに加えて抱きしめたくなる衝動に駆られたものだから、口元を手で覆いなんとか気持ちを鎮める。

男性に対して、しかも国中の憧《あこが》れであるギルフォード様を可愛いと思うだなんて、私の頭はどうかしている。

冷静に、冷静に、と頭の中で唱《とな》えながらもう一つ用意していた、甘橙《オレンジ》、甜瓜《メロン》に生ハムを巻きつけただけの簡単なものをテーブルに並べた。

使用人用のその机は小さく、向かい合って座るギルフォード様との距離が近い。

「美味しそうだな。匂いもいい」

「お口に合うかどうかが不安ですが……」

味自体は問題ないはずだ。完璧に計量し味見までしているのだから。

「フーリンは食べないのか？」

「はい、私は夕食でお腹がいっぱいなので」

「そうか……ではいただくとしよう」

ドキドキしながらスープがギルフォード様の口に運ばれていくのを見守る。

「……美味しい」

薄い唇から漏れたのは無意識だったらしく、ギルフォード様はぼうっとスープを眺めた。

続けてフォークとスプーンを器用に使い麺を口に入れると、見るからに表情が明るくなり、生ハム甜瓜を食べると満足そうに口角を上げた。

「すごく、身体に染み渡る美味しさだな。生ハムの品も面白い味でハマりそうだ」

「ふふっ、ラドニーク様直伝です！」

ラディに叩き込まれた知識をもとに作ったものだから、彼が褒められたような気がして気分がよくなる。

ニヤニヤしている私を見たギルフォード様はなにを思ったか、食べる手を止めた。

「ラドニークが本当に羨ましい。いつもフーリンが作ったものを食べていたんだろう？」

「確かにそうですが、いつも怒られてばかりでしたよ。お前は適当に作りすぎだ！　って」

今となっては懐かしい過去を思い出すと、さらに顔がほころんだ。

「……やはり羨ましい。フーリンにそんな顔をさせるぐらい、いい関係が築けていたということだろう」

「えっ、私変な顔してました？」

無意識のうちに変顔でも披露していたのだろうかと、顔をペタペタと触っているとクスリと笑い声が聞こえた。

そしてギルフォード様が手を伸ばしてきたかと思うと、私の手に手を重ね見つめてきた。

「……なんでしょう」

「なんでも」

なんの時間だったのか分からないままギルフォード様は私から手を離すと、再び残りの料理に手をつけ始め、最後には綺麗に完食した。

厨房にやってきた頃と比べだいぶ顔色がよくなったことを確認し、ほっと肩の力が抜けた。

「フーリン、改めて俺のために食事を作ってくれたことに感謝する。食べ物をこんなにも美味しいと感じたのは生まれて初めてだ」

「ははは、そんな大袈裟《おおげさ》ですよ」

「いや、これは大袈裟でもお世辞でもない。本当に、美味しかった」

「ありがとうございます……」

ギルフォード様が満足してくれたということがなによりも嬉しくて涙腺が少しだけ緩んだ。

「フーリンが作ってくれたから、……フーリンがそばにいてくれるから、最高の食事になったのだと思う」

どこまでも真っ直ぐな言葉に息が止まり、ギルフォード様から視線を逸《そ》らすことができない。

「また作ってくれないか」

「私で、よければ」

「次回は俺ももう少し料理に挑戦させてくれ。迷惑をかけるだろうが、フーリンと一緒に作りたいんだ」

「……ぜ、ひ」

ありがとう、フーリン。

そう言って私の後頭部に手を回したギルフォード様は、そのまま顔を近づけ――。

「お礼、にはならないか」

「……はひ」

頬の熱は時をおかず全身に巡り、私の思考が使いものにならなくなったことは言うまでもない。


その日の夜、私とギルフォード様はなぜか同じベッドで寝ていた。

◇十三話　皇太子夫妻

「というわけで、これからはギルと一緒に寝てあげてね！」

どういうわけで？

「あれ、嫌だった？」

反応を見せない私に気付いた美形男性は、心底不思議そうに首を傾げる。私が喜んで受けるとでも思ったのだろうか。

そんな男性を嗜《たしな》める声が私の斜め前から投げられた。

「もう、エルったら。そんな捲《まく》し立てるように話したらフーリンちゃんも驚きますよ」

「そう？　ごめんねエイダ」

「わたくしに謝るのは違うでしょう」

「えー、ごめんね、フーリンちゃん」

「はあ」

皇太子エルズワース様と皇太子妃リフェイディール様がテーブルを挟んだ向こう側のソファーに仲良く並んで座っている。二人がなぜ私の部屋にいるのかいまだに理解できないまま、二人が醸《かも》し出す独特な雰囲気に呑まれ続けていると、リフェイディール様が私の手を握り微笑みかけてきた。

「でもエルの言う通り今日のギルフォード様の顔色は見違えるほどいいの。理由なんてフーリンちゃんと一緒に夜を過ごしたこと以外考えられないわ」

「っ、それは誤解です！」

「誤解？　ギルも認めてるけど。一緒に寝たって」

「いえ、一緒に寝たのは事実なのですが、その、変なことは一切なくてですね……」

目覚めたら目の前にあった女神の微笑みはあまりにも鮮烈で。

朝から見るには眩《まぶ》しすぎるご尊顔が、近付いてきたかと思えば「おはよう」と額にキスをしてきて、私はとうとう天に召されたのかと思った。

状況を呑み込めずぽかんとする私に向かって『つい長居してしまったな』なんて楽しそうに言ってくるギルフォード様は、今思えば昨夜と比べ肌艶がとてもよくなっていたように思う。

名残惜しそうに（見えた）ギルフォード様が部屋を去っていった直後、ようやく私は寝起きのだらしない顔を見せてしまったことに気付いた。それだけでも地面に埋まりたいくらいなのに、シーツに残るギルフォード様の残り香に惹かれ、しばらく堪能《たんのう》してしまった私は万死に値するのではないだろうか。

等々、今朝の記憶を思い出してしまい、密《ひそ》かに悶《もだ》える私に、エルズワース様は衝撃的な言葉を浴びせてきた。

「んー？　別に『変なこと』があってもいいんじゃないの？　二人は運命の伴侶なんだし。むしろ僕はいけいけいけいけもっといけって感じだけどね！」

なにを言っているのだろうか、このお方は。皇太子ともあろう方が口に出していい内容ではない気がする。

「フーリンちゃんだって、ギルの魅力にクラッてきたでしょ？　そんなこと言うってことは実は危なかったんじゃないのー？」

本当に皇太子なのかと問い質したくなるくらいの悪い笑みを浮かべられ、半分図星だった私は動揺して声を上げる。

「昨日はお話ししていたら寝入っちゃっただけで。誓って私はギルフォード様に手は出しておりません！」

「ぶっ、ははっ！　手を出してないって！　どっちかといえばギルが言うセリフでしょ、それ！　ははは っ!!」

お腹を押さえて爆笑するエルズワース様を呆然《ぼうぜん》と眺めていると、リフェイディール様が「見てはダメよ」と私の視線の向きを変えさせる。

「愛する弟の伴侶がようやく見つかったものだからちょっとおかしくなっているの。無視していいわ」

「……妃殿下」

「あら、妃殿下なんて他人行儀に呼ばないで。お義姉様《ねえさま》って呼んでちょうだい」

「そ、それは恐れ多いといいますか」

ダメだ、リフェイディール様もギルフォード様とはまた違ういい匂いがする。言うことなすこと全て肯定《こうてい》したくなるような高貴な香りだ。

「ギルフォード様はわたくしの義弟《おとうと》なのだから、その伴侶であるフーリンちゃんがそう呼ぶのは全くおかしいことではないわ」

「……ですが、その」

「まあまあ、エイダ。フーリンちゃんもまだ緊張しているんだろうし、もう少しここに慣れてからもう一度お願いしよう？」

予想外の援護に驚いていると、エルズワース様の言葉に納得したのかリフェイディール様はそうね、と頷《うなず》いた。

「それよりさ、来た時から気になってたんだけどこれなに？」

エルズワース様は私の目の前にある紫の包装紙に包まれた箱を指差した。

今朝ラプサが持ってきた物で、どうしようと困っていたところにお二方がやって来たのだ。

「これは皇妃陛下からいただいたものです」

「へえ、皇妃からねえ」

エルズワース様は箱を持ち上げてひとしきり眺めた後、勝手に包装を解き始めた。

「エル！」

「まあ待ってよ、エイダ。あの人がフーリンちゃんになにを贈ったか気になるんだ」

「だからと言って持ち主の断りなく開けてはいけません」

「別にいいよね？　フーリンちゃん」

「もちろんです」

有無を言わさない空気に間髪容れず返答すると、エルズワース様は楽しそうに口角を上げた。

その横顔はギルフォード様によく似ている。

「ごめんなさいね、フーリンちゃん」

「いえ、大丈夫です」

申し訳なさそうにするリフェイディール様に、大変そうだな、と心の中でわずかに同情する。

「これは……クッキーか」

エルズワース様はひとかけら摘《つま》み匂いを嗅《か》ぐと、ぽいと口の中に放り込み咀嚼《そしゃく》する。

「うん、大丈夫そうだね。はい、残りはフーリンちゃんどうぞ」

ギルフォード様だけでなく、エルズワース様までもが皇妃様を警戒しているらしい。

恐る恐る箱を受け取り、美味しそうなクッキーたちを眺める。

その時、扉がノックされ、侍従らしき男性が申し訳なさそうに入ってきた。

「殿下、そろそろ」

「やば」

時計に視線をやったエルズワース様は顔を青くした。

「そろそろ行かないとギルが煩《うるさ》いから僕は行くね。じゃあね、エイダ。無理しないでなにかあったらすぐ呼んで。あ、フーリンちゃんはギルと寝る件よろしく～！」

エルズワース様はリフェイディール様の唇に自身のそれを重ねると、慌ただしく部屋を去っていった。キスまでの流れがあまりにも自然すぎて気まずい思いをする暇すらなかった。

部屋に残された私とリフェイディール様はお互いの顔を見合い、苦笑する。

「急に来た上に煩くしてごめんなさいね。私がフーリンちゃんとお話ししたかったから来たのだけど、エルが付いてくるのは予想外だったの」

「いえ、大丈夫ですよ。むしろ来ていただいたのにお茶も出さずすみません。すぐになにか用意を」

「それこそ大丈夫よ。すぐに帰るから」

にこりと微笑むリフェイディール様だけれど、さすがに皇太子妃をおもてなししないわけにはいかないのではないだろうか。

こうした時の振る舞いが分からずおろおろしていると、リフェイディール様は私の隣に座って、クッキーを一枚食べた。

「はい、フーリンちゃんも」

「あ、むぐ、ありがとうございます」

「とっても美味しいわね、このクッキー。さすがお義母様だわ」

「へ？」

リフェイディール様はソファに座り直すと、頬に手を当て困ったように眉を下げた。

「実はね、お義母様、わたくしにもこうしてよく贈り物をしてくださるの。どれも素敵な物ばかりで本当に嬉しいのだけれど、エルがどうにも警戒してしまってね」

「ギルフォード様も皇妃様に気を付けろとおっしゃっていました」

「そう……あの方にとっては特にそうでしょうね」

「……どういうことでしょうか」

なにかを知っていそうな口ぶりに途端《とたん》に心臓が逸《はや》る。

「フーリンちゃんはイルジュア皇族のことについてギルフォード様から教えてもらってはない？」

「そう、ですね」

「だったらわたくしから言うことではないわね。ギルフォード様に直接聞いたほうがいいわ」

私の不安そうな顔を見て、リフェイディール様は一つ息を吐いた。

「怖がらせるようで申し訳ないけれど、わたくしたち皇族の話を聞いたら間違いなくフーリンちゃんはわたくしたちを信じられなくなると思うの」

「信じられなく、なる」

復唱する私を見て、寂しそうに笑ったリフェイディール様は私の手を取った。

「でもここにいる以上避けられない話だから、フーリンちゃんの決心がついたら聞いてほしいの」

「……分かりました」

フーリンちゃん、とリフェイディール様は真剣な顔をして私を見据《みす》える。

「なにがあったとしても、ギルフォード様だけは信じてあげて。あの方はフーリンちゃんだけの味方よ」

その言葉に私は肯定《こうてい》も否定もできずにいると、リフェイディール様が私から手を離し口を押さえ、ソファーにもたれかかった。見ればその顔は真っ青になっている。

「ど、どうされました!?」

「ちょっと気分が……」

「え！　だ、誰かを呼んで……！」

「大丈夫、よ。原因は分かってる……から」

立ち上がる私の腕を押さえて引き止めると、リフェイディール様は自分のお腹に私の手を当てさせて。

「え……も、もしかして」

「ふふ、そうなの」

青白い顔をするリフェイディール様は握っていた小袋から魔道具を取り出し、震える手でボタンを押した。

「これでエルが来るから、もう、大丈夫よ。心配をかけて、ごめんなさい」

「いえ、あの、おめでとうございます。お大事になさってください」

「ありがとう……。このことはまだごくわずかな人にしか知らせてないから、内緒に、ね」

「はいっ」

「最近はこんな調子だから、今度はわたくしの部屋に来てお話ししてくれると嬉しいわ」

「もちろんです」

元気よく返事をしてから数分もしないうちにエルズワース様がやって来て、大慌てでリフェイディール様を横抱きにし去っていった。

その時のエルズワース様の切羽詰《せっぱつ》まった表情からリフェイディール様に対する愛が伝わってきて、なぜか、ふと、お母様が亡くなった時のことを思い出した。

◇十四話　花紋の在処

入浴後のほてりをそのままに、私は自室の中央に立ち尽くす。

「……どうしたらいいの」

本当に来るのかも怪しいギルフォード様を待ち続けるのは精神的にキツい。来るなら早く来てほしい。

そんなことを思うと同時に扉を叩く音が聞こえ、肩が飛び跳ねる。

「入ってもいいか」

「ど、どうぞ！」

来た。本当に来た。

胸元が開いた寝衣《ねまき》姿のギルフォード様が不思議そうにこちらを見ている。

同じく湯浴み後なのか髪がしっとりとしていて、いつもかき上げられている前髪が下ろされていた。

なんと言っても放たれる色気がヤバい。垣間見《かいまみ》える疲労の色がさらにそれを助長していた。

「そんなところに立ってどうした？　風邪をひくだろう」

「そ、そうですね、ははは。あ、あの、お仕事お疲れ様でした」

「ああ、ありがとう」

挙動不審な私の背に手を当ててベッドへと促すギルフォード様はあまりにも無防備で、どぎまぎしてしまう。

「兄上の言葉を馬鹿正直に聞いて君の下に来てしまった愚かな俺を笑うか？」

「ひっ……、一人で寝たほうが疲れは取れると思います！」

「つれないことを言わないでくれ」

私と共にベッドに腰掛けたギルフォード様は、私の髪を一房手に取り口付けた。

ギョッと目を丸くした私は間違いなく間抜《まぬ》けに見えたはずなのに、ギルフォード様の言動は止まらない。

「いい匂いだな」

「でですよね。私も気に入っています」

うんうん、いい匂いですよね。洗髪剤も髪用栄養補給剤もどれも高級な物ばかり使わせてもらっているからむしろいい匂いじゃなければ詐欺だ。

ふ、と笑みをこぼしたギルフォード様は私の頭を撫でると、布団を捲《めく》り「寝よう」と促した。

頷《うなず》いてゆっくりと布団に入り込み、適度な距離をあけてギュッと目を瞑《つむ》ると、明かりが落ちたのが分かった。

「おやすみ」

「ぉ、おやすみなさい……」

ギルフォード様もあいた距離を詰めてくることはなく、残念なようなホッとしたような複雑な気持ちになりながら、早く寝ようと頭を振る。

しかし、――寝られない。

ギシリ、とベッドの軋む音がいやに大きく聞こえる。

心臓は逸《はや》り、目は完全に冴えてしまった。

そっとギルフォード様のほうを見てみると、彼は私に背を向けて寝ている。

汗が滲《にじ》む掌が気持ち悪くてシーツを握りしめ、慎重に息を吐く。

「あ、の」

「ん、どうした？」

聞こえるか聞こえないかくらいの小さい声だったにもかかわらず、ギルフォード様はすぐに反応してこちらに体を向けてきた。

起こしてしまったという罪悪感は緊張の渦に呑まれ、私の頭は爆発寸前だった。

「眠れないか？」

こくりと頷《うなず》くとギルフォード様の動く音がした。

「疲れが溜まったか」

ああ、部屋が暗くてよかった。

ギルフォード様を意識しすぎて真っ赤になっている顔を見られてなくてすむ。

上半身を起こしてこちらに近寄り掌で私の頰を撫で始めるギルフォード様に、これでは頰の熱さがバレてしまうと焦ったけれど、どうしてかその手から逃れることができなくて、むしろその手に身を委ねるように目を瞑《つむ》った。

「……フーリン」

私の名を呼ぶかすれた声があまりにも甘くて、私は再び目を開き息を呑む。

暗闇に目が慣れてきたのか、ギルフォード様の表情が見えるようになってきている。見てはいけないレベルの蕩けそうな笑みなんて私には見えてない。見えていないったら。

それに寝衣がはだけてさらに胸元が露《あらわ》になっているのも大変よろしくない。くっきりと浮かび上がった喉仏や鎖骨が無防備に晒《さら》されていれば、私とて思うところは——。

「——」

目を見開き固まってしまった私を不思議に思ったのか、ギルフォード様がさらに顔を近付けて顔を覗き込んでくる。

しかし今の私はギルフォード様の鎖骨のそこから視線を外すことができなくて。

無意識に腕を伸ばしそこにそっと触れると、ギルフォード様はものすごい速さで私の腕を掴んだ。

「フーリ、……っ」

「あ、も、申し訳ございませんっ。勝手に触ったりして……」

「いや、驚いただけだから大丈夫だ」

その一言で済ませてくれたギルフォード様の優しさに甘えてしまったけれど、普通に考えれば私のしたことは痴女のそれと変わりない。私は何度彼に無体を働けば済むのだろうかと自分を殴ってやりたくなった。

『聖様《ひじりさま》は魅力の塊《かたまり》だ。どんな人間も引き寄せてしまう、そんな存在だ』

あの時のラディの言葉は正しかった。私は確かに、着実に、ギルフォード様に引き寄せられているのだから。

「フーリン」

「あ、もう寝られますか？　すみません、用もないのに起こしてしまっ……」

摑まれたままだった腕が引かれたかと思うと、私の手は再びギルフォード様の鎖骨に触れていた。

「⁉」

無意識に触れた時と違ってギルフォード様の肌に直接触れている感覚が生々しく伝わってきて、羞恥に耐えられなくなった私は手を引こうとした。

しかしなぜかびくともせず、思わずギルフォード様を見上げると、彼は悪戯《いたずら》げに口の端を吊り上げている。

「花紋、ちゃんと同じだったか？」

「っ、暗くて、よく分からない、です」

「そうか」

嘘。ちゃんと見えていた。

何度も見た自分のものと寸分の違いもない、美しく咲き誇る花の紋様が。

ギルフォード様の貫くような強い視線にいたたまれなくなった私は声を上げた。

「あああの！　そう言えばここに来て他の人に花紋を見せたことがないんですが、それは大丈夫なのでしょうか！」

「ん？　ああ、問題ない。フーリンが俺の運命の伴侶だということは、一目見た瞬間から分かっていたことだ。花紋は付随物にすぎない……とは言っても純粋に見てみたい気持ちはあるがな」

「！」

「なぜ離れる」

「その、びっくりしてしまって」

そう言いながらジリジリと距離を取っていく私を見て、ギルフォード様は片眉を上げたかと思うと。

「――――！」

布団を剝《は》ぎ取られたと思った次の瞬間にはギルフォード様が私の上に覆い被さっていて、私の顔の横にはこれ以上逃げられないように腕が檻のように突き立てられていた。

向けられる妖しい笑みから視線を逸《そ》らすことができない。

「花紋はどこにあるんだ？」

「……」

「教えて」

くらり、と。危うくギルフォード様の色香に惑わされそうになり、唾を飲み込みながらかすれた声で答える。

「おなか、です」

「お腹？」

ギルフォード様の視線が私の顔から下に移る。

それだけで自分のお腹のある場所が熱を持った。

妙に恥ずかしくなった私は、上から降り注ぐ熱視線を遮るために自分のお腹を手で隠す。

なのに、ギルフォード様はすぐさま私の手をベッドに縫いつけるものだから、私に対抗する術はなくなってしまった。

「見たい」

真っ直ぐな視線が私を射貫《いぬ》く。

あまりにも真摯な表情に頭がやられたのか、私は無意識のうちにこくりと頷《うなず》いていた。

「ここか？」

「ここ、です」

左側のお腹を指差すと、私の花紋を包み込むように大きな手が当てられた。服越しから伝わってくる熱に、気付かないうちに私の涙腺は緩んでいて。

「……!!　ッすまない、嫌だったか」

焦った声と共に離れていってしまった手が宙をさまよっているのをぼやける視界で見つけ、こめかみに涙が伝ったままその手を握り、再度私のお腹に当てた。

「……いいのか？」

「殿下の手、すごく安心します」

欠けていたピースが見つかった、そんな感覚だった。

言葉にできない感情が私を襲い、それに呼応するように唇がわなわなと震え出す。

落ち着くために一息吐きギルフォード様の手を離すけれど、解放された手はそこから動くことがない。

「見ても、いいか」

「やっぱり、いえ、ぅ、はい」

改めて確認されるとじわじわと現実に引き戻される感覚があって、頬に朱が散っていく。

怖気づきそうな自分を叱咤し、覚悟を決めた私は下半身を布団で隠した。そして寝衣の裾を、花紋が見えるギリギリのところまでゆっくり持ち上げる。

直接空気が触れているためお腹がスースーとして落ち着かない。

もういいだろうか、と服を戻そうとしたその時、花紋に甘い痺れが走った。

ギルフォード様の手が、私の肌に直接、触れていたのだ。

「ッ」

あまりの恥ずかしさに逃げ出したくなった私は声を上げようとした。けれど、私の花紋に触るその手がわずかに震えているのに気付き、私の動きが止まる。

不思議に思って見上げると。

「でん、か」

どうして、そんな泣きそうな顔をしているのか。

彼の頬に触れようと戸惑いながら伸ばしたその手は、ギルフォード様に掴まれたかと思うと、優しく口付けられた。

「ギル、と」

「へ」

「そう呼んでほしい」

突如投げかけられた要求に動揺した私は、クッションを手繰り寄せそれで顔を隠す。

「フーリン」

「……わ、私には難易度が高いです！」

「高くない。たったの二文字、口にすればいいだけだ」

「無理です、っあ！」

クッションを奪われ、私の手の届かないところに放り投げられる。

「呼んでほしいんだ。他でもない、フーリンに」

「……」

「ダメか？」

「～～ッ。――ギル！　これでどうで、んぎゃ！」

言い終わらないうちにギルフォード様は私をギューっと抱きしめ、頬同士をくっつけ擦《こす》り合わせてきたではないか。溜まりに溜まった疲労でとうとうご乱心になったのかな？

「なあ、フーリン」

「は、ぃ」

しばらくして満足したのかギルフォード様は私から少しだけ離れると、息も絶え絶えに返事をする私を見て、愛しげに目を細めた。

「フーリン」

「はい」

「……フーリン」

「はい……？」

私の名前を呼ぶだけで、それ以上なにも言おうとはしないギルフォード様に首を傾げると、なぜか私の目を手で塞いできて。

「もう休もう。明日に響く」

「あ、そうですね」

「おやすみ」

「へ、っお!?　お、おやすみなさい」

寝衣が再び捲《まく》り上がったかと思えば骨張った手が侵入してきて、花紋がある位置で止まった。

このまま寝るの!?　と内心抗議したい気持ちでいっぱいな私に気付いているはずなのに、ギルフォード様はなにも言わない。

このままでは寝られないと思ったけれど、与えられる熱があまりにも心地よく、たいした時間はおかずに私の意識は落ちた。

◇十五話　友と鍵

『このっ、フーリンのばかやろー!!』

魔道具のスイッチを押すと空間に影像が浮かび上がり、うまく作動したと喜んだ瞬間、自室にラディの声が響き渡った。

開口一番に罵《ののし》られた私は笑顔のまま固まる。

『品のない声を上げるな。それでも王族か？』

『この件に関しては完全にフーリンが悪い！』

『はあ、お前は本当に相変わらずだな。ある意味安心するよ』

しばらく聞いていなかった落ち着いた声の持ち主は溜息を吐いた後、私を見て笑いかけてきた。

『久しぶりだな、フーリン』

「ローズ！　久しぶり！」

『ちゃんと作動したようでよかった。やはりこうして顔を見れることが一番だな』

「うん！　こんな魔道具もあるんだね。初めて見たから操作に迷っちゃった」

ローズからの初めての手紙は、説明書きの紙と共に小さな小箱が添えられていた。

小箱の中身は遠隔地にいるローズとラディの姿と声を伝える魔道具で、今まさにそれを使用しているのだ。

『ああ、それはこちらにいる大魔導師が最近生み出したものだからな。知らなくて当然だ』

『おい』

「へー！　すごいね」

『テストもかねて使ってみてくれと言われて、どうせならフーリンの顔が見たいと思ったからな』

「ローズ……」

『おいっ、僕を無視するな！』

頬を膨らませ私を恨めしそうに睨《にら》むラディに気付き、慌てて謝る。

「ラディお久しぶりですね」

『ふん、そんなことはどうでもいい。フーリン、あれはどういうことだ？』

「あれとは」

『とぼけるな、手紙のことだ。聖様《ひじりさま》に手料理を振る舞ったんだってなあ……!?』

魔道具で映し出されるラディの姿は少しぼやけているが、暗黒のオーラを纏《まと》っていることだけはよく伝わってきた。

手料理の件はさすがに報告しておかなければ後が怖いだろうと思って、手紙を送ったのだけれど……、やはり事後報告はまずかっただろうか。

『ズルい！　僕だって僕の手料理を聖様に召し上がっていただきたかった！　……いや、待てっ、待て待て待て！　聖様に自分が作ったものを食べてもらう？　な、なんて恐ろしいことを僕は考えたんだっ。おいフーリン、お前よく正気を保ちながら作れたな!?』

なるほど怒りの理由はそこか、と内心ホッとしてラディに笑いかける。

「緊張はしましたけど、ラディに教えてもらったことを思い出しながらしたからなんとかできたんですよ。それに、ラディの教えが私の作った物に反映されているので、ギルフォード様は実質ラディの手料理を召し上がっていることになりますね」

『実質⁉　ひ、聖様が、僕の、手料理を……⁉』

プシューと音を立てながら勢いよくソファーに座り込んだのだろうか、ラディは頭を背もたれに預《あず》け、そのまま動かなくなってしまった。

「ラディ？」

『放っておけ、感極まったんだろう』

「そっか。……あれ、そういえばローズってラディがギルフォード様のことを崇拝しているのって知ってたっけ？」

『知ってるもなにも学生時代にことあるごとにあの皇子のことを聞かされればいやでも気付くよ。それにあの事件があった後、実況検分のためにラディのあの部屋に行ったんだ』

「あ、なるほど」

『同一人物の絵姿が大量にある部屋は実に壮観だったぞ』

夢に出るかと思った、と苦笑するローズの気持ちが分かる私はうんうんと頷《うなず》いていると、いつの間にか復活していたラディが悲しい顔で呟いた。

『あの部屋にあったコレクションは、いくつか破損していたものがあったんだ……レア物だったのに、もう二度と手に入らないものばかりなのに……』

『それはあたしに謝罪を求めているということか？』

『ふん、今さら謝ってもらったところであの聖様たちは返ってこない。――だからな、フーリン』

「はい……？」

嫌な予感がした。ことラディに関しては私の第六感はよく当たる。

『聖様日記をつけろ』

「嫌です」

『間髪容れずに拒否するとはなんたる不敬だ！』

「今さらラディとの間に不敬もなにもありません！」

『なんだと！』

「絶対に嫌ですからね！」

ヒートアップする私たちを眺めるローズの口元には困ったようでいて嬉しそうな笑みが浮かんでいた。

『まあ、落ち着け二人とも。ラディも無茶を言うんじゃない』

『僕はただ聖様の普段の生活を知りたいだけだし、聖様の素晴らしさを後世に伝えたいだけだ』

ギルフォード様のこととなると途端《とたん》に欲望が剝《む》き出しになるラディのことは嫌いではないが、相変わらず困らされることが多くて大変だ。

「言っておきますけど、私とギルフォード様、昼間会う時間はほとんどないですからね」

『つまり夜はある、と』

素晴らしい推理力と褒めるべきなのだろうけれど、こんなところで本来の優秀さを発揮するラディが恨めしい。ここで馬鹿正直に一緒に寝ています、なんて言ってはいけない。火に油を注ぐ未来しか見えないからだ。

「たまに夜食を作るぐらいですよ」

『くっ、フーリンにマウントを取られる日が来ようとは』

「取ってないですけど⁉」

ダメだ、そろそろこの話題から離れなければ話が変な方向に行ってしまう。

どうしようかと悩んでいると、ローズが真剣な瞳で私を見ていることに気付いた。

「ローズ？」

『……フーリンはそのままそこにいたいか？』

空気が、変わった。

「えっと、それはどういう意味で……？」

『なに、フーリンがそこにいるのが嫌ならあたしが連れ出そうかと思ったまでさ』

「……ローズも冗談が」

『冗談ではないな。ラドニークだってそうだろう』

ラディのほうを見れば、先ほどのいきいきとしたものとは打って変わって、人間味のない表情をしていた。

不安が顔に出ていたのか、私を見たラディは髪をクシャリと握りつぶし深い溜息を吐く。

『……別に、フーリンが嫌じゃないなら僕はなにもしない』

『まあ、こういうことだ。幸か不幸か、あたしたちにはそれができるだけの権限はある。ラドニークは隣国ということもあって少し難しい部分もあるかもしれないが、そこはあたしが』

「――待って」

このまま流されるのは危険だと、考えなくても分かった。

「私は大丈夫だから。だから、心配しないで二人とも」

へにゃりと力なく笑えば、二人は同時に肩を竦《すく》めた。

『あたしはそのイルジュアにおける運命の伴侶とやらの制度がいまいち理解できなくてな。別に運命だからといって絶対にそばにいなければならない理由もないだろう？』

「……そうだけど」

『以前フーリンはイルジュアの女神を強く信仰しているわけではないと聞いた覚えがあるから、気になっていたんだ』

確かに私は、この国の民のほとんどが信仰する女神に対して、頭を垂らしたいという気持ちは今でもない。

それは昔からのことだし気にしたこともなかったけれど、こうしてギルフォード様のそばにいるようになってから思うようになったことがある。

女神を信じていない私が、信仰のトップに立つイルジュア皇族のそばにいていいのだろうかと。

『おい、フーリン』

どつぼにはまりそうになっていた私の意識を引っ張り上げる声が聞こえた。

『あまり悩むな。お前は能天気に笑っているぐらいがちょうどいい』

「あ、今馬鹿にしましたね」

ラディはいつものように鼻を鳴らし、いつものように無邪気な笑顔を浮かべた。

『なにかあったら、いや、なにがなくても僕に連絡しろ。なんせ僕はフーリンの友達だからな。いつでも相手をしてやるぞ』

『フーリン、あたしがいることも忘れるな』

「……ありがとう。ラディ、ローズ」

じわじわと涙が溜まり、今にも溢《あふ》れそうになった時、それに！　と弾けるような声が私の鼓膜を震わせた。

『困ったことがあれば聖様の顔を見ればいい！　聖様の御顔を見ればどんな悩みだって忘れられるかな。聖様の存在こそが世界を平和に導くのだ!!』

ハッハッハーッ！　なんてラディが悪役よろしく高らかに宣《のたま》うものだから、先ほどの感動的な空気は早々に霧散してしまい、ローズは今日一番の疲れ顔を見せた。

＊

「お昼はなにか楽しそうな声が聞こえてきましたが、どなたかとお話しされてたんですか？」

「うん、ちょっと友人とね」

「そうなんですか。素敵なお時間を過ごせたようでよかったです」

「あ、うん」

会話の内容を聞かれただろうかと紅茶をいれてくれるラプサの横顔を思わず見てしまったけれど、いつもと変わらない笑みを浮かべるラプサに小さく安堵《あんど》の息を吐く。

「あっ、そうだ。今日も皇妃陛下からの贈り物を預かっているんです！」

「そうなんだ。いつもありがとう」

「いいえ、お気遣いなく！　それよりこの箱の中身、高価な物らしくて鍵も別にお預《あず》かりしてるんです。えっと確かポケットに……あ、あれ？」

どんどん蒼白になっていくラプサ。

「もしかして」

「………失くしちゃいました」

涙目になっていくラプサにつられたのか、私の中にも焦りが生まれる。

「よかったら私が開けようか？」

「――え？　どうやってですか？」

「なにか細い長い針とかあるかな？　複雑なものでなければそれで開けられると思う」

あまりこの特技は人に披露したくないのだけれど、悲しそうな顔のラプサについほだされてしまった。

ラプサは困惑した表情で、すぐに探してきた針金を私に渡す。

「え、え、えええ!?　……すごい、本当に開いた」

中にはラプサの言葉通り、とても高価そうなネックレスが納まっていた。

あまりの眩《まぶ》しさに私は静かに箱を閉じて、一旦その存在を忘れることにする。

「これくらいラプサでもできるよ」

「いやいやいや、普通そんなことできませんって！　フーリン様って本当に手が器用なんですね！――もしかしてなんでもピッキングできたりしちゃいます？」

「うーん、どうだろう。構造が複雑だったら無理かもね」

曖昧《あいまい》に笑って誤魔化《ごまか》すと、ラプサはパァッと明るい顔になって祈るように指を組んだ。

「わたしよくこういうドジしちゃうんで、またなにかあったらフーリン様に相談してもいいですか!?」

「んん」

「ダメ、ですか？」

「……う、いい、よ」

「本当ですか!? ありがとうございます！ とっても頼もしいです！」

「でも人にはあまり言わないようにしてね。あまり外聞がよくないと思うし」

「かしこまりました！」

元気よく返事するラプサに、大丈夫かなあと心配になったのは言うまでもない。

というかこのネックレス、どうすればいいの？

◇十六話　皇族の秘密

「今日はどんなことをしていたんだ？」

「前話していた通り、魔道具を使って友人と話してましたよ」

「ああ、珍しい魔道具なんだろう？　開発したというその魔導師が気になるな……」

「ですよね！　本当に遠隔でもあっちの姿が映ったんです」

今日あったことを口から溢《あふ》れ出るままに話しても、ギルフォード様はイヤな顔一つせず相槌を打ってくれる。

「その後は昨夜殿下がお話ししてくださった女人国と男人国のお話がとっても興味深くて、書庫でそれ関連の本ばかり読み漁っていました」

地図が描かれている大きな本を膝の上に乗せ、隣にピッタリとくっついているギルフォード様を見上げる。

「そうか、楽しかったならよかった。他にフーリンが行ってみたい国は見つかったか？」

「うーん、そうですね。テスルミアにはまた行ってみたいです！　火の部族には友人もいますし、他の部族の地も見てみたいです」

「テスルミアか……。フーリンは水の部族の地なんか気に入りそうだな」

最近の習慣となっている就寝前の会話はとても穏やかなもので、私はすっかりこの時間を心待ちにするようになっていた。

ギルフォード様がこの部屋に帰ってくる時間帯はいつも遅いけれど、ギルフォード様はなるべく早く帰ってこうして私との時間を設《もう》けてくれる。

疲れているであろうに、その様子を一切見せずに私に付き合ってくれる彼に罪悪感を抱きながらも、どこか喜んでいる自分がいるのもまた事実だった。

最初こそ一緒に寝ることに慣れず、ガチガチに固まって眠れないなんてこともあったけれど、夜を重ねていくうちに緊張することもなくなり、普通に話しかけられるまでには成長している。

いや、うん。結局呼び方は『殿下』のままにはなっているけれど。それは仕方ない。

素面《しらふ》の時の愛称呼びは本当にハードルが高いのだ。

私の『殿下』呼びに、当初は毎回不満を述べていたギルフォード様だったけれど、ここのところは諦めたようで特に指摘してくるようなことはなくなったので内心安堵《あんど》している。

「水の都……！　本当に水上で生活しているんですね！　わあぁ、行ってみたいな」

「ぜひ」

その後に続く言葉はなかったはずだから、『一緒に行こう』と聞こえたのは、きっとただの幻聴だ。

なんの気なしにそのままギルフォード様の顔を見ていれば、目がゆっくりと細められていっていることに気付いた。もう眠いのだろうと思って、もう寝ましょうかと提案しようとしたのと同時だった。

ギルフォード様が私のこめかみに唇を軽く当ててきたのは。

「っ」

実はこれ、毎日のようにされていたりする。こめかみだったり、頬だったり、額だったりと場所は様々だ。

こうして私が気を抜いている時に限ってこういうことをしてくるものだから、私はろくな抵抗もできず、頬を膨らませることしかできていないので、どこか悔しさがあった。

いつものように私が頬を膨らませると、ギルフォード様は表情を緩めた。

しかしなぜかギルフォード様は顔を暗くし、私と向かい合うように座り直した。

「寝る前に、少しいいか」

「なんでしょう、か」

なにが起こるのだろうかと鼓動が速くなる。

「そろそろ話をするべきだと思ってな」

「話……？」

「俺たち、皇族の秘密についてだ」

ドクンと心臓が一際強く脈打った。

リフェイディール様の言葉が頭を過《よぎ》る。

これからギルフォード様を信じられなくなるような話をされるのだろうか。

「大丈夫か」

「は、はい」

顔が強張ったのが薄明かりでも分かったのか、ギルフォード様は心配そうに私の頬を撫でた。

私がギルフォード様の運命の伴侶である以上、きっとこれは避けられない話で、私には覚悟を決める選択肢しか残っていなかった。

「まず俺と兄上は半分しか血が繋《つな》がっていない」

「――」

「異母兄弟、ということだな」

初っ端から容赦のない衝撃的な告白を受けて静かに混乱する私を宥めるように、ギルフォード様は私の背中を優しくさする。

しかしその手とは裏腹に、彼の表情は感情の読めない『無』そのもの。

「兄上の実の母アデライン様こそが、父上……今上皇帝の運命の伴侶だった。つまりフーリンが先日会った今の皇妃は、アデラインという名前でもなければ皇帝の運命の伴侶でもない。だが皇帝の血を引く俺を産んだ」

その言葉が表すのは。

「兄上は生来病弱だった。いつまで生きられるか分からない、明日死ぬかもしれない、そんな身体だったらしい」

「……今は」

「見ての通り、今の兄上は百年経っても生きていそうな人間だがな」

昔の兄上を知れば驚くぞ、なんて緊張をほぐそうと冗談ぽく私に笑いかけてくれる。

ほっとしたのも束の間、ギルフォード様は再び表情をなくす。

「今とは違って昔の兄上はそんな感じだったから当然周囲は憂《うれ》えた。皇族の数は少なかった上に、皇位継承権を持てる皇子は兄上ただ一人だった。加えて、アデライン様も病いがちになり、とても子を産める状況ではなかった」

「……！」

「そう、フーリンの考える通りだ。明日死ぬかもしれない皇子の健康を祈るだけでは皇族の、ひいてはイルジュアの未来は明るくない。だからこそ周囲は考えた。第二皇子《スペア》を作るしかないと」

あまりにも残酷な考え方に、ショックを受けて息が止まる。

「でも、そんなことをしても生まれた子の顔付きとか髪色とかでバレてしまうんじゃ……」

「俺の母上と兄上の実母は双子だ。二人は髪や瞳の色も全て同じで、親でさえ見間違えるほどよく似ていたらしい」

イルジュアの未来を考えれば周囲の言葉に従うしかなかった皇帝は、運命の伴侶がいるにもかかわらず別の女性と閨《ねや》を共にし、子を産ませた。

「当然、運命の伴侶以外の女性をお手付きにするなど女神の意を蔑ろにすることと同義。皇族の権威を守るためにも、このことは絶対に世間に知られてはならない」

そういうことか、とリフェイディール様の言葉の意味を理解した私の手が震え出す。

——皇族の伴侶は『運命の伴侶』でなくともいいのだと、この話を聞けばそう思っても仕方ないのだ。

どういう女神の思惑か、ほどなくして本物のアデライン様は流行り病で亡くなってしまい、入れ替わるように今の皇妃陛下がアデライン様に成り代わり、ギルフォード様を産んだのだそうだ。

「よく似ている双子と言えども、二人をよく知る者ならばこの秘密を見破られる可能性は大いにあった。だから皇妃は俺を産んで体が弱くなったことにし、外にはほとんど出さないようにしたんだ」

私の震えに気付いたギルフォード様は、私の手を取って縋《すが》るような視線を送ってくる。

なぜそんな表情をするのか理解できなかった私は瞳を揺らした。

「今、この話を打ち明けたのは、他でもないフーリンに誤解してほしくなかったからだ」

「誤解……？」

「俺が父上と同じ立場に置かれた時、父上と同じような選択をする男だと思ってほしくない」

逃がさないと言わんばかりに手に力を込められて、ギルフォード様の本気度が痛いほど伝わってきた。

「いや、でも、冷静に考えたら仕方ないことなのでは……」

「仕方ないことじゃない。父上は臆病だっただけだ！　フーリンを失うぐらいなら俺は――」

そんなに皇帝陛下と比較されたくないのだろうか。

声を荒らげる姿に目を丸くして見つめていると、私の視線に気付いたギルフォード様は自嘲《じちょう》するような笑みを浮かべた。

「……信じてほしい、俺は運命の伴侶以外選んだりしない」

私が肯定《こうてい》するまで離す気がないらしく、私はしばらく考えた後、手を握り返した。

「信じます」

そう言った瞬間、ギルフォード様は大きな息を吐き、私を抱き寄せ、そのままベッドに倒れる。

「姉を失い、産みたくもない子を産まされ、外にも満足に出られず、暗い塔で一生を終えなければならなくなった母上の気持ちは推し量れない。その原因となった俺を恨んでいても仕方はないよな……」

意識が闇に包まれる直前に聞こえた言葉は、きっと私に宛てたものではなかった。

◇十七話　ある決意

「え、皇太子殿下ってもともと静かな方だったんですか」

「そうらしいわ。わたくしと初めて会った瞬間に大声を上げるような人だったから、昔がそうだったなんて思いもしなかったの。でもギルフォード様に聞くと本当に大違いなんですって」

「想像がつかないですね……あっ、申し訳ございません、不敬を！」

「いいのよ。むしろもっと気楽にお話ししてくれると嬉しいわ」

自室に招いてくれたリフェイディール様は、体調を考慮してかベッドの住人となっていた。

そんなに体調が悪いのならまた出直すと言ったけれど、「エルの過保護のせいだから気にしないで」と返され、私はその言葉に大人しく従った。

確かにこの部屋はエルズワース様のリフェイディール様に対する愛情がうかがえる部屋だった。

特に、四方八方鍵が掛けられており人が簡単に出入りできないようになっていることに気付いた時にはあまりの過保護ぶりにわずかに鳥肌が立った。

そんな重たすぎる愛を見ないふりしながら相槌を打つ。

リフェイディール様の口から展開されるエルズワース様の話はどれもクスリと笑えるものばかりで、思いの外《ほか》楽しい時間を過ごしていた。

「エルの話もいいけれど、わたくしはそろそろギルフォード様のお話が聞きたいわ」

「ギルフォード様ですか……」

ギルフォード様を語れるエピソードなどないにも等しいが、なんとか、あの日以来ギルフォード様の余裕がある時にだけ開催されている料理タイムについてリフェイディール様に話せば、それはそれは楽しそうに声を上げてくれた。

「ふふふ！　あのギルフォード様でもできないことがあるのね！」

「でもやり方を教えてさしあげればすぐに飲み込むのでやっぱり完璧な方だなと思います」

料理の時は恐縮ながら私が教える立場となって、一緒に作業をしている。

短時間かつ胃に負担がかからないものを作っているのでたいした技量は発揮していないけれど、ギルフォード様がことあるごとに感心して褒めてくれるものだから照れてしまう。

料理の時間が終われば、そのまま一緒に部屋に向かうのだけれど、それがまたなんとも恥ずかしく、日々心臓を鍛《きた》えさせられているような気がした。

「フーリンちゃんが皇城《ここ》に来てくれてわたくし、本当に嬉しいの」

「……」

「ギルフォード様はフーリンちゃんが来てから本当に変わったわ。心の底から幸せそうに笑う姿なんて、初めて見た時は目が飛び出ちゃうかと思ったの」

クスクスと笑いながら、リフェイディール様は懐かしむように視線を遠くに向けた。

「私は……特になにもしておりません」

「なにもしてなくても、貴女がギルフォード様のそばにいるということ自体に価値があるのよ」

果たしてそうだろうかと思ってしまったが、否定はせず大人しく頷《うなず》くだけにとどめる。

「実はギルフォード様から皇族についてお聞きしました」

「……そう。フーリンちゃんはどう思った？」

「信じられなくなる、とかはなかったです。──ただ、やっぱり運命の伴侶でなくとも、ギルフォード様にとってふさわしい人はたくさんいるんじゃないかとも思ってしまいました……」

リフェイディール様のなんでも受け入れてくれそうな空気に、ついぽろりと本音が漏れてしまう。

訪れた沈黙に、さすがにまずかっただろうかと焦り始めた時、

「フーリンちゃん、聞いてほしいことがあるの」

「……はい」

驚くほど優しい声音でリフェイディール様は語り出す。

「エルと出会ってしばらくした頃、わたくしも同じ話をされたわ。『別に運命の伴侶だからと言って僕が君を選ばなければならない理由はない』とね」

「……」

「でもその後に言うの、『エイダがいなければ僕は人間になれなかっただろう』って」

「人間？」

「そう、人間。おかしいわよね、なにを言っているのかと私だって思ったわ」

でも周囲の人間は声を合わせて言うのだという。人形だった第一皇子に魂が宿ったと。

「フーリンちゃんが思うギルフォード様ってどんな人？」

「えーっと、仕事にストイックで、真面目で、優しくて、──よく笑う人、ですかね」

リフェイディール様は私の答えを聞いて満足したように頷《うなず》く。

「フーリンちゃんはギルフォード様の笑う姿をよく見ているのね」

「え、でも他の方に対しても笑うのではないのですか？　『氷の皇子』の異名《いみょう》もただの噂だと……」

「ふ、ふふ、ふふふっ！」

堪《こら》えきれなくなったのか、リフェイディール様は口を押さえて肩を震わせる。

なにか変なことでも言ったのだろうかと困惑していると、リフェイディール様は目に涙を溜めながら私を見つめた。

「やっぱり貴女はギルフォード様の運命の伴侶だわ」

「へ」

「これからもずっと、ギルフォード様のそばにいてさしあげてね」

その言葉に戸惑いながらもゆっくりと首を縦に振ると、彼女はそれはそれは嬉しそうに顔をほころばせた。

＊

リフェイディール様との時間の後ふと、とある人物の姿が思い浮かび、訪ねていくことに決めた。

「こんにちは、ディーさん」

帽子のつばを上げ私を視界に入れると、男性は顔の皺《しわ》を増やした。

「やあフーさん」

「今日はなにをされてるんですか？」

「ミモザの木を剪定《せんてい》しているんだよ。ミモザは庭植えにすると大きくなるから手入れが大事なんだ」

「皇妃陛下がお好きなんでしたっけ」

「そうそう、だからなおさら大事にしないとね」

小ぶりな木の幹をぽんぽんと叩きながら、ディーさんは私を手招きした。どうやら休憩するらしい。

木陰にある二つの木製の椅子に座り、二人してほーっと息をつく。

既に初めて会ったあの日からディーさんには何度か会っているけれど、いつ会ってもよく分からない人だった。

それなのになぜ会いに行くのかと言えば――居心地がよかったからに他ならない。

「いい風が吹いているねえ」

「はい、気持ちよくて寝ちゃいそうになりますね」

「夜はしっかり寝ているのかい」

「寝てますよー」

「嘘はダメだよフーさん。隈《くま》ができてるの、私には分かるんだからね」

よく見ないと気付かないくらいにうっすらとしたものがあることは、自分でも少し前から気付いていた。

「フーさんを寝かせてくれないなにかがあるのかな？」

「そうなんです。最近面白い本に出会ってしまってつい夜更かししちゃってるんですよ」

「そう、そんなに面白い本があるならいつか私にも貸してほしいものだね」

のらりくらりとお互いの素性を明かさずに言葉を交わすのが、ディーさんとの会話の仕方だ。

警戒心がないわけではないけれど、会話のコツを掴み、そしてあることに気付いたせいで、最近は少し緊張がゆるみつつある。

「フーさんは、その『本』のどんなところに惹かれたの？」

「うーん……、安心する、ところですかね」

「癒しは重要だね。他にはある？」

「いっぱいありますよー。数えきれないくらいに。……でも、ディーさんには内緒です」

「おやおや、ぜひとも聞いてみたかったのだけれど、……秘めたる読者の本心は伝えるべきところに、ということかな」

「一生伝えられないかもしれないですけどね」

サワサワと風で揺れる葉を見上げながらそんな言葉を漏らせば、ディーさんは肩にかけていたタオルで汗を拭《ぬぐ》い、ゆっくりと口を開いた。

「私はね、好きなものには好きと、嫌なものには嫌だと素直に声を上げられることより大事なことはないと思っているよ」

にっこりと笑ったディーさんはそのまま立ち上がり、手袋をはめると作業へと戻った。

私はミモザを剪定するディーさんの背中に、座ったまま話しかける。

「ディーさんは後悔したんですか？」

「かもね」

「やり直したいと、思いますか」

剪定する彼の手が一瞬止まったが、すぐに作業を再開する。

「私はね、たらればの話はしないんだ。現在《いま》を見なければ話はなにも始まらないと思ってる。まあ、その勇気が私にはないんだけどねえ」

「――じゃあ、頑張ってみませんか」

「え？」

ディーさんが目を白黒させながら振り向いた。

「お互いに、勇気を出して頑張ってみませんか」

ぽかんと口を開けるディーさんだったが、徐々に目尻に皺《しわ》を作ると、私に近寄り、手袋を脱いで右手を差し出してきた。

「乗ろうじゃないか、フーさんの提案に」

強く握り返したその手は、見た目よりも硬かった。

＊

その日の夜、帰ってきたギルフォード様はひどく疲れた顔をしてベッドに潜《もぐ》り込んできた。

本を読んでいた私はそれを閉じ、「大丈夫ですか？」と顔色をうかがう。

「ん……」

「大丈夫、ではないですよね……すみません」

体を横たえ顔だけこちらに向けると、ギルフォード様は申し訳なさそうに眉尻を下げた。

「すまないが、今日はこのまま寝る」

「はい、もちろんです。私のことは気にしないでください」

いつも私に付き合ってくれることが奇跡なのだ。

普通の人ならいつ倒れてもおかしくない時間を仕事に費やしているのだから。

「……父上と共にレストア新国王の即位式に参加することが正式に決まった。三日間俺は城を空けるが、城には兄上が残る」

ギルフォード様はかすれた声を出しながら私も横になるように腕を引っ張ってきた。そのまま私のお腹に手を這《は》わせ定位置を見つけると、安堵《あんど》したように体の力を抜いていく。

「新国王……メロディア様ですか」

「知り合いか？」

「ラドニーク様の関係で少し」

久しく会っていないけれどメロディア様は元気にしているだろうか。

「フーリンは交友関係が、広い、な……」

そんなことはないと否定しようとしたけれど、それより先にギルフォード様の瞼が落ちたのを確認し、開いた口をそっと閉じる。

その寝顔を見つめながら、私はディーさんとの約束を思い出し、ある決意を固めた。

◇十八話　どうか

ギルフォード様がレストアへ行く前日の夜。

「あの、殿下」

「ん?」

「聞いてほしい、話があります」

「……聞こう」

ギルフォード様が半身を起こそうとする気配があったので、回っていた腕に力を込めてこの体勢のままでいいと暗に訴える。

直接顔を見て話す自信がなかったのだ。

「私のことについて話したい、の、ですが、ちょっと待ってください」

手が小刻みに震えている。

手を握り込んでも震えが止まる気配は一切なく泣きそうになっていると、ふわりと大きな手が私の手を包み込んできた。

「大丈夫だ、フーリン」

その声を聞いた瞬間、不思議なことに手の震えは止まっていた。

出そうになった鼻水をすすり、覚悟を決める。

「私のお父様、すごく親馬鹿なんですよ」

この言葉から始まる、誰にも話したことのない私の話を、どうか聞いてほしい。

お父様と二人で生きてきた昔の話を。

「私がなにを言っても、どんな選択をしても、全て肯定《こうてい》して褒めてくれるんですよ。……でも私は時々、そう、時々、……お父様の愛情が信じられなくなるんです」

どうして、と問いたげな空気が背後から伝わってくる。

「私がそう思うようになったのは、私のお母様が亡くなった後のことでした」

お母様が亡くなり泣き喚《わめ》く私を見て、お父様はなにを思っていたのだろう。今思い返してみても、その真意は読み取ることができない。

それでもお父様の悲しんだ顔に目が行くようになってから気付いた、とある夜のことは、今でも私の記憶の底に居座り続けている。

「お父様、お母様の後を追って、死のうとしてたみたいなんです」

口元に笑みを浮かべてそう言えば、ギルフォード様は全身を強張《こわば》らせて私の手を強く握り直した。

なかなか寝つけなかったあの日の夜。月明かりに照らされていたお父様の姿を今でも鮮明に覚えている。

自殺しようとしていた明確な証拠なんてなに一つない。

それでも幼心に悟ってしまったのだ。

「あ、私捨てられそうになったんだな、って……、そう思いました。お父様にそんな意図がなかったのは分かっているんですけどね。お父様、お母様のことが大好きでしたから」

それでも幼い私が衝撃を受けるには十分な話で、それ以来我儘《わがまま》を言わなければ、ご飯を食べていれば、笑っていれば、お父様の悲しい顔を見なくて済むと、死ぬなんて馬鹿なことを二度と考えなくなると、思うようになった。

一日を終えると私はいつも胸を撫で下ろした。

今日は大丈夫だった。今日も大丈夫だった。ああ、今日も大丈夫だった……！　と、お父様の存在と愛情を確認し、今日も捨てられなかったと安堵《あんど》する。

仕事でお父様が家を空けるようになった時の不安は全て食で誤魔化《ごまか》した。

歳を重ねるにつれこうした不安は減っていったけれど、一度根付いた恐怖は今もなお薄れることはない。

「……怖いんです。たとえ誰かから愛されても、いつか捨てられるんじゃないかって、そう思ってしまう」

「フーリ……」

「でもそんなことを思う自分が嫌で……、だからこそ、わたしは生まれ変わりたかったんだと思います」

私は上半身を起こし、目を見開くギルフォード様を見下ろす。

私がギルフォード様に会いに行かなかった理由の根本にはこうしたトラウマがあったのだと、最近になってようやく気付いた。

ダイエットは表面的な理由に過ぎなかったのだ。

「自信を持って殿下に会えるよう、頑張りたかった」

「……」

「でも、やっぱり、……自信を付けるのって難しいですね」

へにゃりと力なく笑えば、ギルフォード様が起き上がって私を抱きしめる。

ぎゅううと力を込められ、息苦しささえ感じた時、

「よく、頑張った」

なんの飾り気もないその一言は私の中にすとんと落ちてきて、前触れなく涙が頬を伝う。

「話してくれてありがとう」

ゆっくりと首を横に振って、顔を硬い胸板に押しつけた。

「すぐに会いに行かなかったこと、許してくれますか」

「許すもなにもない。フーリンが俺のために頑張ってくれたこと、それを聞けただけで俺は十分だ」

ギルフォード様は体を離し、私と向き合う。

「俺は、ずっとそばにいる」

だから、と私の目尻に指を這《は》わせ、笑った。

「泣くな、フーリン」

その日、私たちは初めて抱きしめ合いながら眠りについた。

＊

「あの、殿下」

「ん？」

翌朝、ギルフォード様と二人きりで会える最後の時間、私はギルフォード様の寝衣の袖を軽く引っ張り顔を近付けてもらう。

「気を付けて行ってきてくださいね」

「……伴侶冥利に尽きるな。ありがとう、フーリンも俺がいない間は特に気を付けてくれ。強制するわけではないが、あまり部屋から出ないでいてくれると助かる」

「分かりました」

そろそろ行かなければならないのか、ギルフォード様は私の頭をぽんぽんと撫でて立ち上がり、扉へと向かっていく。

まだ言えてないことがあった私は慌ててその後を追って、驚いた顔をするギルフォード様の腕を摑んだ。

「殿下が帰ってこられたら、その、伝えたいことがありますので、私に殿下の時間をください」

そんなのいくらでも、とギルフォード様は破顔して私の頬に口付けた。

＊

「最近のフーリン様とギルフォード殿下、仲が深まったように見えます」

「そ、そうかな」

まさか先ほどのやり取りを見られていたのだろうか。

羞恥を誤魔化《ごまか》すように刺繍布と糸を持つけれど、なぜか続けようという気にならない。

ギルフォード様がレストアに行ってしまい、なんとなく落ち着かない気分で作業をしていたけれど、とうとう集中力は切れてしまったようだ。

「んーっ」

勢いよく伸びをし、ついでに欠伸《あくび》もしていた時のことだった。

「皇族の伴侶とあろう者がよくそのような間抜け面《まぬけづら》を晒《さら》せるものだな。眠いのならそこにベッドがあるであろう？」

どこか聞き覚えのある声が聞こえて体が固まる。

壊れた魔道具のようにギギギと首を回しながら扉付近に視線を向けると、

「へ、陛下」

皇妃陛下が扇子で口元を隠しながら立っていた。

まさか自室に来られると思っていなかった私は、気を抜いていたこともあってか頭がパニックになる。

「あ、えと」

「なんだ、我とは話したくないとでも？」

「滅相《めっそう》もございません！　あ、散らかっていて申し訳ございませんっ。すぐに片付けますのでどうぞこちらへ」

皇妃陛下は長い紫の髪を靡《なび》かせながら、ソファに座った。

慌てて机の上にあった物を片付け、ラプサにお茶を出すよう指示をする。

ギルフォード様から皇妃陛下の秘密を聞いたせいか、うまく視線を合わせることができない。

「これはなんだ」

皇妃陛下の視線は机の端に綺麗に畳んで置いておいた布に移っている。

「あ、これは、……皇妃陛下にお渡ししたくて私が刺繍《ししゅう》したものです」

そう言って震える手で私が差し出したのは、ミモザの花が刺繍された白いハンカチ。

それを一瞥《いちべつ》した皇妃陛下は、ジッと私を見据《みす》えた。

あまりにも冷たい視線に私は背筋が凍《こお》りついた。

「なぜ、我が受け取る必要がある」

「え、と、いつも素敵な物を贈ってくださるので、なにかお礼ができればと思いまして。たいしたものでなくて本当に恐縮ですが……よろしければ受け取っていただけると嬉しいです」

私の手からハンカチを摘《つま》み上げた皇妃陛下は、ミモザの花の刺繍に目を止めると、鼻で笑った。

「あ、渡しておいてなんですが、気に入らなければ捨てていただいて構いませんので！」

「気に入らなければ、ねえ」

皇妃陛下はハンカチを持った手を下ろすと、私に顔を近付け、目を細めた。

「随分と勘違いをしてくれているようだと思ってな」

「勘違い、ですか」

背筋を冷や汗が伝う。

先ほどお茶を飲んだばかりのはずなのに、なぜか喉が渇いて仕方なかった。

「我の贈ったネックレスはどうだった？」

「とても嬉しかったです！　あのような素敵な物を私なんかが受け取っていいのか不安にもなりまし

たが」

　ははは、といつものように軽く笑えば、皇妃陛下は扇子を畳み、それを机にピシャリと打ちつけた。

　驚いた私は肩を思いきり揺らし、顔を引きつらせる。

「腹が立つ」

　ハッキリと告げられた言葉に私はなにも言い返すことができなかった。

「其方は、ギルフォードを幸せにする自信はあるか？」

「……すみません」

「できないというのか」

「申し訳、ございません」

　頭を下げて謝罪を繰り返す私を見てなにを思ったのか、皇妃陛下はおもむろに立ち上がった。

「フーリン・トゥニーチェ。——覚悟しておけ」

　捨てぜりふを残して皇妃陛下が部屋を出て行くと、ラプサが近寄ってきて私の背中をさすった。

「大丈夫ですかっ、フーリン様」

「だ、大丈夫、じゃないかも」

　最後に見た皇妃陛下の目は確実に狩人の目をしていた。

　近いうちなにかが起こるような予感がする。

　せめてギルフォード様のいないこの三日間ではなにも起こってほしくないけれど、……嫌な予感というものは大抵当たるものである。

◇十九話　思われ人

「帰りたい……」

「本当に今すぐ帰りそうな顔をなさらないでください」

書記官は呆《あき》れた顔をしながら周囲に指示を飛ばしている。

「陛下もおられることですし、お願いいたしますよ」

「分かっている」

フーリンと三日も離れているということですら耐え難いのに、父上と公務をこなさなければならないと考えるだけで頭が痛い。

「父上はどこにおられる」

「知己の方とお話しされているようです」

「案内しろ」

正直父上などどうでもいいが、式前に新国王に挨拶をしておかなければならない以上探し出す必要があった。

「父上」

「……ギルフォードか」

知人との話は終わったのか、バルコニーに外を眺めている父上の姿があった。

そこに皇帝の威厳などなく、もはや兄上のほうがそれらしいとさえ思う。

「国王に挨拶に行きましょう」

「分かった」

今では執務のほとんどを俺と兄上でこなし、父上はこうして重要な公務の時にのみ表に出るだけで、事実上隠居状態となっている。

自分と同じ黒髪を見ているとなんとも言えない気持ちになってくるため、目を逸《そ》らし新国王が控える面会室へと足を運んだ。

＊

父上と共に新国王への挨拶を済ませ、面会室を後にしようとした時のことだった。

「ギルフォード様、少しよろしいでしょうか」

「かしこまりました。父上は先に控室へお戻りください」

「そうかい。ではメロディア女王、私はここで失礼いたしますよ」

「はい、ごゆっくりなさってくださいね」

彼女は再び席に着くと、俺にも座るよう促した。

「それで、なんの話でしょう」

「ギルフォード様の運命の伴侶についてです。まずはフーリン様にお会いできたこと、改めてお祝い申し上げます」

「ありがとうございます」

「フーリン様はお元気にしておられますか？」

卒業式の騒動に箝口令《かんこうれい》を敷く際、当時は王女であった彼女にも協力してもらった。そのため女王はフーリンが俺の伴侶であることを既《すで》に知っていた。

「ラドニークにフーリン様について時々尋《たず》ねてみるのですが、あの子ったらなかなか教えてくれないんです」

「本当に仲がいいからこそ無闇に相手の情報を漏らしたくないとでも思っているんでしょう」

「ふふ、そうかもしれませんね。……そうだ、ギルフォード様はご存知ですか？　ラドニークの態度についてなのですが」

「態度？」

「あの子、どうやらフーリン様に対してだけ性格を変えているみたいなんです」

そう言えば、と魔物を倒す前のラドニークの性格を思い出す。

本当のところは分からないにしても、なんとなくではあるが、ラドニークがそうする理由を察することができた。

「ラドニークは頭のよい人物であると、俺は彼を信頼していますよ」

「今のギルフォード様の言葉をラドニークが聞いたら失神しそうですね」

「……そろそろその辺の耐性を付けるようお話しされたほうがいいかと思いますが」

「それこそぜひギルフォード様にお願いしたいことですね」

思わず苦虫を嚙みつぶしたような表情をすると、女王は物珍しげな視線をよこした後、小さく笑った。

「フーリン様のこと、大切にしてさしあげてくださいね」

「もちろんです」

こうして会話は終わり、その後の即位式も滞《とどこお》りなく粛々と行われた。

＊

即位式の夜には新国王の誕生を祝うパーティが王宮で開かれる。父上は参加しないため、イルジュアの代表として俺が顔を出さなければならなかった。

群がる他国の貴族や各界の要人たちを捌《さば》きつつ時間を過ごしていると、二人の男女が俺に近付いてきた。

「ラドニーク」

「んんっ、ぎ、ギルフォード様、ご無沙汰しております！」

「忙しくしていると聞いているが大丈夫か」

「それについては問題ございません」

一言二言交わすと、ラドニークがなにか言いたげな顔をしていることに気付いた。

「なにか言いたいことでもあるのか？」

「……フーリンは元気か、お聞きしたかったのです」

それまで緊張気味に強張《こわば》っていた顔つきが変わった。

発言の意図を理解しようと見つめ返せば、ラドニークは拳《こぶし》を握りしめ、こう言った。

「……ありえないとは思いますが、もし、貴方がフーリンを傷つけるようなことがあれば、いくらギルフォード様といえども僕は貴方を許しません」

真っ直ぐな視線はどこまでも熱く、その熱を受けた俺は僅かに目を見開く。

俺のことを慕うというラドニークがそう宣言するのに、どれだけの勇気がいっただろうか。

「ラドニーク」

「っ、生意気を申し上げました。しかし、これが僕の本心です」

堅く結ばれた二人の絆があまりにも羨ましく、思わず笑みがこぼれる。

「ヒジリサマガワラッタ……」

呆然《ぼうぜん》と俺を見上げるラドニークがなにかを呟いた。聞き取れなかったため顔を近付けると、ラドニークは目に見えて固まった。

「お、おおい、ねえ、おいっ、ねえってば、ローズマリー！」

「口調が乱れてるぞ、ラドニーク」

ラドニークの横にいた赤髪の女性は苦笑しながら俺に視線を移した。

テスルミア帝国火の部族における、次期部族長筆頭候補と言われているローズマリー・メラーだ。

「一応はじめまして、になるな」

「フーリンの友人であったな」

「そうだ。個人的には少し前の事件の際も世話になっている」

理知的な目はラドニークとよく似ていて、俺を見定めるように見てくる。

「仕事上いい関係を築ければと思っているが、フーリンのことに関してはあたしも譲る気がないのでな。そのつもりでいてくれ」

「……承知した」

「ほら、ラドニーク、しっかりしろ」

「ムリ、ヒジリサマ、ワラッタ、ムリ」

「これは元に戻るまで時間がかかるか。すまない、ギルフォード殿、我々はこれで失礼する」

「ああ」

ラドニークを脇に抱えると、ローズマリー・メラーは人混みの中に消えていった。

一旦休憩しようとバルコニーに出て、月を見上げる。

「フーリン……」

離れてまだ二日しか経っていないというのに会いたくて会いたくて仕方がなかった。

フーリンが俺に対し警戒心を解いているのは確実で、それ自体はとても嬉しいことなのだが……それに伴《ともな》ってどんどん無防備になっていくフーリンが可愛すぎて、俗っぽい言葉で言えば——ヤバい。

絶対に俺を試しているだろうと問い詰めたくなる時が何度もあり、俺自身我慢できるかそろそろ自信がなくなってきている。

一緒に料理をして食事ができることに、風呂上がりの色っぽい彼女を見ることに、花紋に触れながら共寝できることに、彼女の好きなことを喋る声を聞けることに、言葉では言い尽くせないほどの幸せを感じている。

かつて祈りに祈り続けたあの日を思い出してはフーリンの存在に感謝していた。

正直に言えば俺にとってもはや女神などどうでもいい存在となっていた。祈るならフーリンに向かって祈りたいし、フーリンこそが俺の女神だと本気で思っている。つまり、女神ロティファーネさえ入り込む余地がないほど、俺の中はフーリン一色で満たされていた。

フーリンが心を開いてくれたからこそ話してくれた彼女の過去の話を思い出す。

あれだけ親馬鹿なウルリヒの愛情が信じられなくなるくらいなのだから、相当ショックだったのだろう。

親でさえそうなるならば、俺が一度でも失敗しようものなら、どれだけ頑張ろうとも二度と彼女の信頼を回復できないであろうことは簡単に想像がついた。

俺の愛が深くて重いことは自覚している。

そもそもそれをフーリンが受け入れてくれるかどうかが分からないのだから、慎重に関係を進めることが重要であることには違いない。

とは言いつつ、口付けたりお腹を触ったりと際どいことをしている自覚はある。

でもあれはフーリンが可愛いすぎるせいだから仕方ない。むしろ唇にキスしてないことを褒めてほしいぐらいだ。

「……はあ」

帰城すれば通常の業務も溜まっているうえに、デイヴィットの件もそろそろ片付けなければならない。

自分の立場を捨ててフーリンと城を出たい気持ちでいっぱいだが、そんなことをすればフーリンが気に病むだろうから。おそらく実行に移すことはないだろう。

俺が帰ったら話があると言っていたフーリンのことも気になるな、と考えを巡らせていると、顔を強張《こわば》らせた書記官が足早に近寄ってきた。

「殿下、落ち着いて聞いてください」

「なんだ」

その口から伝えられたのは、想像だにしていなかった最悪の事態だった。

「フーリン様が皇太子妃殺害未遂の疑いで地下牢に収監されました」

◇二十話　絶望の底

どうしてこんなことになったのだろう。

冷たい床に座り込み、呆然《ぼうぜん》と天井を見上げた。

カビ臭さが鼻につくこの部屋は、薄っぺらい布が一枚あるだけで、体が芯から冷えるような感覚を覚える。

──皇太子妃殺害未遂の疑い。

突然自室に入ってきた騎士たちに、こう叫ばれ、私は瞬く間に牢へと入れられてしまった。

ギルフォード様の言う通り、部屋から一歩も出なかった私にとって寝耳に水の話で、なぜ私が犯人と疑われているのか見当さえついていない。

リフェイディール様は大丈夫なのだろうか。殺害未遂と言われるぐらいなのだから危険な状態である可能性も考えられる。

「……寒い」

疑われたまま処刑され、私は二度とギルフォード様に会えなくなってしまうのだろうか。

運命の伴侶であったとしても、殺害未遂の汚名を被った人間など助ける余地もないと見捨てられてしまうかもしれない。

そんなことを考えた瞬間、目が眩《くら》み呼吸が浅くなったのが分かった。

このままでは過呼吸になってしまうと、胸を押さえてゆっくり呼吸を繰り返すも、自分の荒い息しか聞こえないためか余計にひどくなる。

「ギルフォード様……」

意識を失う前に呟いたのは、お父様でも、ラディでも、ローズでもない、たった一人の人の名前だった。

*

「やあ、フーリンちゃん」

「皇太子、殿下……？」

目を覚ました時に感じたのはふかふかのなにかで、今自分がいる場所が地下牢などではないことが分かる。

意識がハッキリしてくると、自室のベッドに寝かされていることが分かった。

「とある御方《おかた》が尽力してくれてね、君を牢から出すことは叶った。が、依然として容疑は晴れていない状況だ」

エルズワース様にいつもの朗らかな空気はなく、冷ややかな視線が私を射貫く。当然だ。今もなお、私はリフェイディール様を殺そうとした容疑者なのだから。

「妃殿下の状態は……」

「最悪だよ。遅効性の毒を飲んだんだ。助からないかもしれない、もちろん子どももね」

「そんな」

エルズワース様は苛立《いらだ》ちを抑えることができないのか、腕を組み指を小刻みに動かしている。

「今日の昼、エイダが部屋で倒れているのを僕が発見した。鍵がかかった部屋の中にはエイダ以外いなかった」

「私はなぜ、犯人だと疑われているのでしょうか」

「君は、解錠ができるんだってね」

「……え？」

「君の侍女から聞いたよ。彼女の言うことに間違いはない？」

その言葉で全てを悟ってしまった。

「……ラプサの言う通りです」

「その部屋に出入りできるのは専用の鍵を持っている僕と専属侍女の二人のみ。その侍女のアリバイは既《すで》に取れている。じゃあ解錠能力があるという君は今日一日どこでなにをしていた？」

「そ、れは……ずっと部屋にいたので……」

ラプサも三時のお茶の時間以降呼んでいないので、私のアリバイを証明してくれる人はいないということになる。

「まあ解錠できるというその事実のみをもって君を疑うことは信義に反するし、普通の者ならばそれだけで君を牢に連れて行ったりなどしないよ」

「ではどうしてですか」

エルズワース様は悩ましげに眉を寄せ、溜息を吐いた。

「君の侍女がね、解錠能力以外にもこんなことを周囲に言いふらしているんだ。『皇太子妃を殺そうとしたのはフーリン・トゥニーチェだ。そのトゥニーチェの娘は父に強請《ねだ》り、ギルフォード皇子を脅して無理やり彼の伴侶になろうとしている。あまつさえ皇太子夫妻の命を狙い、トゥニーチェ家が国を乗っ取ろうとしている』とね」

言葉を失い、ただ嫌な汗が溢《あふ》れ出るのを感じた。

「さすがにこれは僕もやばいと思って止めたんだけど、思った以上にその噂は速く城中に広まってしまってね。一部の過激派が動いてしまったようだ。……運命の伴侶が本物か偽物かなんてギルの態度を見れば一目瞭然だし、君の父上にそんなつもりがないことなんて僕がよく分かっている」

ガンガンと頭が殴られているように痛い。

ここがベッドでなければ、私は確実に床に座り込んでいただろう。

「私、お父様にまで迷惑を」

「まあその辺に関しては心配せずとも本人がどうにかするよ。それより、いまだに君が容疑者であることに変わりはない。自分はやってないという証拠があるなら話は別だけど、ないことの証明は限りなく不可能に近い」

「……はい」

「つまりは別の人間がやったという証拠さえあればいいわけだけど、……なにか心当たりは？」

黙り込む私にエルズワース様は「そう」とだけ言って部屋を出て行こうとする。

その後姿を見てハッとわずかな理性を取り戻した私は、身を起こして呼び止める。

「お待ちください、殿下！」

「なに、これ以上話をする時間は」

「これを、妃殿下にお渡しください」

いつものように着けていた腕輪を外し、まだ温もりが残ったそれを差し出す。

腕輪を外した瞬間、体が重くなった気がしたが今はそんなことを気にしている場合ではない。

訝《いぶか》しげに私をうかがうエルズワース様を強く見返した。

「これには多くの魔法が付与されているので、おそらく妃殿下の容態回復に役立つと思います」

「へえ……、氏の娘ならあり得るか」

「それと、運命の伴侶である殿下なら妃殿下を助けられる唯一の方法を私は知っています」

「……そんな方法が実際にあったとして、なぜ君がそれを知っている？」

「私が物知りだからです！」

エルズワース様は私の言葉に瞠目すると、ふっと小さく笑った。

「分かった、物知りな君の知識を信じよう。なるべく手短に教えて」

「はい、最初は――」

震える体を叱咤して、私は過去の記憶を掘り返しながら懸命に方法を伝えた。

エルズワース様が部屋を去った後、ベッドに倒れ込む。

体が熱くて仕方ない。生き物が全身を這《は》っているような、そんな感覚があった。

「……ごめんなさい、ごめんなさい、ごめんなさい」

誰宛のものでもない謝罪は、ただ虚《むな》しく私の耳に木霊《こだま》するだけだった。

＊

どれくらいの時間が経ったのだろうか。

ドタバタと騒がしい足音が聞こえたかと思うと、勢いよく扉が開かれた。

「フーリン!!」

汗を垂らし息を荒くするギルフォード様が走り寄ってきたかと思うと、ベッドに蹲《うずくま》る私を強く抱きしめた。

「怪我は？　無事か!?」

「……ぐ、ぐるじいです」

「っ、すまない」

ギルフォード様はそう言って腕の拘束を外しはしたが、頬をペタペタと触りながら私から視線を外すことはない。

「大丈夫です、特に危害は、加えられていません」

「……そうか。だが怖かっただろう？　俺がそばにいてあげられなくてすまなかった」

「いえ、こうして急いで戻ってきてくださっただけで嬉しい、です。ほんとに、嬉しかった……です」

収まったと思っていた震えが再度体に走り、血の気が引いていく。

「大丈夫だ、フーリン。俺はここにいる」

襲ってきた恐怖は私の思考を奪ってしまい、私はただギルフォード様に縋《すが》りつく。

「どうして、こんなことに……っ」

「……俺がいない間になにがあったか、話してもらえるか？　ゆっくりでいい」

首を縦に振り、自分の身に起きたことを語る。

話し終えた後のギルフォード様の顔は、忌々《いまいま》しげに歪《ゆが》んだ。

「あの侍女、なにが目的だ？　いや、母上の目的というべきか」

「あの、……たぶんですが、今回のことは皇妃陛下の意図したものではないと思うんです」

「そう考える根拠は？」

「すみません、根拠と聞かれると答えられないんですが、……勘です」

「勘」

静まり返った部屋にいたたまれなくなって、私はもう一度謝罪を口にしようとした。けれど、ギルフォード様は口元に弧を描いて、私の手を取る。

「分かった、フーリンの勘を信じよう」

「えっ、いや勘ですよ？　ただの勘ですよ？」

「勘であろうと、俺はフーリンの言葉だけは信じる」

「私が……犯人かもしれないんですよ……」

ギルフォード様は私の言葉に小さく吹き出し、目を細めた。

「そうだな。フーリンが犯人ならば、いっそのこと二人でここから逃げるか」

愛おしげな顔をして、なんてことを言うのだろう。

「ダメですよ、そんなこと。殿下は、この国の皇子なんですから」

私の言葉に晴れやかな顔つきになったギルフォード様は、私の手の甲にゆっくりと口付けを落とす。

「たとえ女神を敵に回そうとも、俺は永遠にフーリンの味方だ。俺だけは絶対に君を裏切りはしない」

ぽろぽろといつの間にか涙が落ちていた。

心臓がうるさくて、苦しい。

女神を信じて生きてきた人が、私のために女神を捨てようとしている。

「……それは、私が運命の伴侶だからですか」

きょとん、と子どもみたいに目を丸くしたギルフォード様は、再び破顔《はがん》して私の手を握りしめた。

「俺がフーリンを愛しているから」

それ以外に理由はないな、と言いきったところで、私の涙は堰《せき》を切ったように流れ落ちた。

「バカじゃ、ないでずか……っ」

「そうだな、親馬鹿ならぬフーリン馬鹿と言ったところか？」

そう言ってギルフォード様はもう一度、今度は優しく、私を抱きしめた。


ようやく落ち着いてきた私に、ギルフォード様はまだ入ってないのだろうと入浴を勧めてくれる。

牢屋に入っていたせいか体が埃《ほこり》っぽく、嫌な汗が纏《まと》わりついているのを感じ、早々に浴室へと向かう。

しかしそこで私は信じられないものを見た。

「――なに、これ」

全身黒い痣《あざ》に覆われた自分の肌。

摩《さす》っても擦《こす》ってもそれは落ちず、肌がヒリヒリと痛むだけ。

「うそ、やだ、なんで」

なにより私を絶望に叩き落としたのは、お腹にあるはずの花紋がほとんど見えなくなっているという事実だった。

大輪の花が、黒い痣によってほとんど覆い尽くされている。痣がこれ以上大きくなればそこに花紋があったこと自体分からなくなってしまうだろう。

全身が心臓になったかのように、鼓動が耳に響く。

『これを、妃殿下にお渡しください』

もしかして——腕輪を外したから？

へなっと床に座り込み、力の入らない手で花紋のある場所に触れる。

「私の、花紋……」

確かに花紋を消したいと思うことはあった。それでもあの時と今では状況が違う。

「は、はは……」

こんな形であの時の願いが叶うなんて、女神は随分と皮肉が好きなようだった。

花紋がなければギルフォード様の伴侶だと証明することもできず、ラプサがばら撒いているという噂を本当にしてしまう。

浴室を出たはいいけれど、体が鉛《なまり》になったかのように重く、いつもの倍時間をかけて寝室に戻ることになった。

「どうした」

私の顔色が入浴前よりもさらに悪くなっていることに気付いたのか、ギルフォード様が気遣わしげに私の顔を覗き込んでくる。

「少し、疲れが出たのかもしれません」

「……そうか。もう寝よう」

私の背を押そうとしてくれようとしたのだろう、背中にギルフォード様の手が触れた。

しかしその瞬間、私はギルフォード様から勢いよく距離を取る。

「……フーリン？」

「あっ、やっ、その」

ギルフォード様が私に触れることで、あの黒い痣が移るのではないかと恐れたのだ。

「今日は、少し、離れて寝てもらえますか」

「………分かった」

ギルフォード様もなにか思うところがあったのか、長い沈黙はあったものの最終的には頷《うなず》いてくれた。

広いベッドの端と端に身を寄せ布団を被ると、再び涙が溢《あふ》れ出し、私はしばらく眠りにつくことができなかった。

◇二十一話　窮地の策

「こんにちは、フーリン様。お元気ですか？」

翌日から、私はというとひたすらに自室にこもっていた。

そこへやって来た私の元、侍女。

「なにしに来たの？」

「ああ、フーリン様！　誤解です、わたしは皇妃陛下のお言葉に逆らえなかっただけなんです……！」

だから怒らないでください、と子犬のような顔をするラプサに溜息が出る。

「だから、なにしに来たの？」

取り合わない私の態度に、ラプサが頬をわずかに引き攣《つ》らせる。畳みかけるようにして私は続ける。

「どうして、妃殿下に手を出したの？」

「え」

「どうして私じゃなかったの？　ねえ、どうして？」

「なにを……」

「どうしてっ、私のことが嫌いなら私に直接手を出せばよかったじゃない！」

我慢ならずソファから立ち上がり叫べば、ラプサは「あははは！」と心底おかしいとでもいうような笑い声を上げた。そしてお腹を押さえひとしきり笑ってみせた後、すとんと表情をなくした。

「──そんなの、あんたがさっさと死ななかったからに決まってるじゃん」

態度が豹変《ひょうへん》したラプサに今さら驚くことはなかった。

しかし、彼女が発した言葉に対して目を見開く。

「ま、さか」

「いつもいつも紅茶を美味しそうに飲んでくれちゃってさあ、いつ死ぬかとわくわくしながら待ってたのにホント期待外れって感じ。なに？　なんか強い防御魔法でもかけてんの？」

「あ、あ、あ」

リフェイディール様が危険な状態に陥《おちい》っているのは全て私のせいで、私の体の異変はラプサが原因だった。

「知り合いが自分のせいで死にそうになってるなんて嫌よねえ。ああ、でも予定は狂っちゃったけど、むしろあんたを精神的に殺せるし、このほうがよかったかも！」

「このこと、殿下たちに言うよ」

「は～ほんっと嫌な女！　あんたがギルフォード様の運命の伴侶だって信じたくない！　あんたがなにか言ったところであたしがやったっていう証拠はないし？　それに最初に言ったでしょ？　これは皇妃の仕業だって」

「……」

なにか言い返さなければならないと焦ったその時、「お待ちください、殿下！」と大人数の声と足音がこの部屋に近づいてきていることに気付いた。

「フーリン！　……貴様《きさま》、なぜこの部屋にいる」

「わたしはフーリン様の侍女ですから、この部屋にわたしがいることはなんの問題もないのでは？」

「俺は自室で待機しろと言ったはずだが」

「そうでしたか？　それより、殿下の後ろにおられる方々はどちら様でしょう」

ギルフォード様は苦々しげな表情を作って集団を見据《みす》える。

「フーリンが本当に俺の運命の伴侶かどうか、証拠を見せろとうるさい阿呆《あほう》どもだ」

「阿呆とはなんですか、殿下！　此度《こたび》の件は国の根幹をゆるがしかねないことなのですよ！」

「そうです、このままトゥニーチェに国を乗っ取られでもしたらイルジュアの未来はありませんぞ！」

怒号に気圧《けお》された私が一歩後退りすると、ギルフォード様が私の目の前に立ち人々の視線を遮ってくれた。

その時、集団の中から一人の男性が歩み出てくる。

「皆さんの言う通りですよ、我々には知る権利がある」

「……デイヴィット・キャンベル」

ギルフォード様越しにちらりと見えたデイヴィット・キャンベルという人は、もちろん私の知らない人だった。

「つきましてはそこの侍女に、本当に彼女に花紋があるのかを確認していただきたい」

「確認する必要はない。フーリンに花紋があることは俺が分かっている」

「いけません、殿下。貴方様はトゥニーチェに脅迫を受けているとお聞きしている。そのような御方《おかた》の意見など、もはや誰も信じますまい。ここは第三者が確認することで皆が納得する、そう思いませんか？」

そうだそうだと、デイヴィット・キャンベルに賛同する声がいくつも上がる。

ギルフォード様はしばらく沈黙を貫いた後、私のほうを振り向いて膝を折り曲げる。

「フーリン、一度だけでいい、花紋を見せてやれるか？」

それは事実上、私への死刑宣告に等しかった。

否定などできない私は小さく頷《うなず》くと、ギルフォード様も頷《うなず》き前に向き直る。

「ただし、確認する侍女は他の者に変えろ」

「なぜでしょう」

「この女は信用ならん」

「おやおや。しかし殿下が信用なさらない方のほうが言葉の信憑性《しんぴょうせい》も増すのでは？　皆様もそう思いませんか？」

またもや賛同の声が上がり、ギルフォード様も顔を顰めるしかないようだった。

「さあ、行きましょうフーリン様」

ラプサに別室に連れて行かれ、ドレスを脱がされる。

「てか今さら確かめたところで、あるのは分かってるし」

「や、やめて、なにしようとしてるの」

ラプサの手にはいつの間にか小さな魔道具が握られていた。

どう見ても怪しいそれに私は顔を強張《こわば》らせる。

「んー、ちょっとの間だけ花紋には消えててもらうのよ」

「や、やめて」

「ちょっと痛い思いしてもらうだけ、なんだけど、……あは。なーんだ、ちゃんと効いてんじゃん」

どす黒くなった私のお腹を認めニイッと笑ったラプサは、乱暴にドレスを着せると、楽しげに私の腕を掴んで元いた部屋へと引きずった。

そして高らかに宣言する。

「皆様お聞きください！　予想通り、この女に花紋はありませんでした！」

大きなどよめきが起こり、私に対する敵意の視線が一層強くなった。

今すぐにでも私を捕らえろという空気が流れ、もうダメかもしれないと諦めかけたその時、場が静まり返っていることに気付いた。周囲の人々の顔色が先ほどと打って変わって青い。

それもそのはず、ギルフォード様がラプサの首元に剣を向けていたからだ。

「女、皇族の前で虚言を吐いた罪の重さを知っているか」

「……真実を申し上げたまでですよ。花紋はなく、黒い痣だらけの体があるだけでした」

「黒い痣……？　なにを言っている」

ギルフォード様が眉を寄せ私を見た瞬間、ガクガクと膝が震え始めた。全身に汗が吹き出し、力が入らなくなっていく。

「フーリン!?」

「ほうら！　嘘がバレたものだから急に動揺し始めましたよ！」

私を嘲笑《あざわら》うラプサの言葉に否定の声を上げたいのに、唇は空気を噛むだけだ。

動揺してるんじゃない。『毒』が回り始めたのだ。

立っていられなくなった私は崩れ落ち、床に両手をついて荒い息をし始める。

すぐに近寄ってきたギルフォード様が私に触れようと手を伸ばしてきたけれど、

「……え」

パシリとその手を撥《は》ね除け、僅かに距離を取る。

「触らないで、ください」

ギルフォード様は手を宙に浮かせたまま、全身を硬直させた。

「嘘がバレたからって殿下にそんな態度を取っていいと思ってるんですか～？」

「……うるさい」

「はあ？　うざ」

ラプサは鬱陶《うっとう》しそうに顔を顰めるも、すぐに女の顔に切り替えたかと思うと、ギルフォード様の腕に自分の腕を絡めた。

「ねえ、ギルフォード様、こんな女すぐに捕らえるべきです。偽物の伴侶など、貴方様に害を及ぼさないとも限りませんし。トゥニーチェなど皆で力を合わせればこの国から追い出すこともできます！」

「黙れ」

「っ、まだこの女を庇《かば》う気ですか!?　殿下の伴侶にはもっと相応《ふさわ》しい人がいま……ッ！」

「黙れと言っている!!」

ギルフォード様が腕に纏《まと》わりついていたラプサを振り払う。ラプサは床に叩きつけられ、呆然と自分を振り払った主を見た。

そんなことなど視界にも入っていない様子のギルフォード様は、一度拒絶したはずなのにまた私に触れようとする。

もうどうにもならないと思った私は残る力で右手首を摑み、心の中であの人の名前を叫ぶ。

――レオ!!

バンっと突然激しい音を立てて窓が開いたかと思えば、突風が吹き込み部屋の中を荒らした。

「呼ぶのがおせぇんだよ」

ぶっきらぼうな低い声を聞いた瞬間、最後の力が抜ける。

床に崩れ落ちる直前、体が浮かび上がったかと思うと、レオに横抱きにされていた。

「コイツは貰ってくぞ」

空間が歪《ゆが》む瞬間、私の名を叫ぶギルフォード様の声が耳に届いた。

◇二十二話　馬鹿と馬鹿

「ありがと、レオ。助かったよ……」

「ほんと馬鹿じゃねえの」

息も絶え絶えにお礼を言うフーリンの姿に、顔を顰《しか》め悪態を吐く。

こんな時ですら相手を労《いたわ》る言葉をかけてやれないのなら、もはや俺の性格の矯正《きょうせい》は諦めるべきなのかもしれない。

「ここ、どこ」

「俺の家」

「へ、え、いい部屋、だね」

「あんましゃべんな」

ほとんど使っていないベッドに寝かせ、汗で張りついた髪を払ってやると、首元から覗く黒い影が目についた。

その視線に気付いたのか、フーリンは震える手で胸元を少し寛げる。

視界に映る場所だけでも、元の肌色などわずかも見受けられない、黒一色の肌。

絶句する俺に、フーリンは乾いた笑いを漏らす。

「あはは、今結構、キツい、かも」

「……どうやったらこんなことになんだよ」

「いっぱい、毒を取り込んだら？ ……いて」

「しゃべんなっつってんだろ」

額を指で軽く弾くと、フーリンは不満顔で俺を睨《にら》んできた。

「……治せそ？」

「やってみるしかねえだろ。そのために俺を呼んだんだろうが」

「ごほっ、やっぱり、バレてた？」

「バレバレ、とりあえず心当たりは」

「う、ん、いつも飲んでた、紅茶、みたい」

フーリンの言葉を聞きながら解析魔法をかけていく。

全身に手をかざしながら痣の原因となっているものを探るも、靄《もや》がかったものを感じるばかりで苛《いら》立《だ》ちが募っていく。原因が分かったほうが治癒しやすいが、時間との勝負なので解析魔法から治癒魔法に切り替えた。

「ねえ、レオ、聞いてほしいん、だけどさ」

「んだよ」

フーリンは俺の顔を見て眉を下げた。

「私ね、ギルフォード様のことが、好きなの」

「――っ、だからなんだよ！」

つい声を荒らげてしまった俺を気にした様子はなさそうだったが、フーリンはふ、と笑顔を消した。

「……このまま、もう、会えなくなっちゃうの、かな」

おそらく俺に向けた言葉ではないのだろう。フーリンは一人の男に想いを馳せた顔をしていた。

「残酷だな、お前は」

「ん、なに……？」

「なんでもねえ」

じわじわと治癒魔法をかけていくが、なかなか手応えが摑めない。それどころか治る気配が一向になかった。

毒がフーリンの身体に入ってから時間が経ちすぎているということも加味すれば、治癒魔法での回復は……難しい。

治癒魔法は万能ではない。ある種の傷や病気には全く効果がない上に、魔導師の中でも一握りの者しか使えない繊細で集中力のいる魔法だ。

数少ない使い手の、しかも大魔導師と持て囃《はや》されるこの俺がうまく展開できない。焦った俺は言うべきではない言葉をフーリンに投げかけた。

「お前をこんな体にした奴の下に戻ったところでまた辛《つら》い思いをするだけだろ」

「ふふ……そうかもね」

そんなことはあり得ないと分かっていた。それでも俺の口は言ってしまわなければ気が済まないようだった。

「それにっ、あの皇子が本当にお前を好きだとは限らないだろ！」

フーリンは切なげに瞳を揺らした。

違う、俺はお前にそんな顔をさせたいんじゃない。

「分かってる。ギルフォード様が、私のそばにいてくれるのは、好意を持ってくれるのは、結局私が、『運命の伴侶』っていう肩書きを、持っているから、に、過ぎないなんて、ずっと前から、分かってる」

「だったら……！」

でもね、と。

「諦められ、なかった」

くしゃくしゃになった顔を上げ、今にも涙が溢《あふ》れそうな瞳で俺を見つめてくる。

「……あの方が私のことを、本当の意味で、私を好きじゃなく、ても、あの方の、横に立つのに自分が、相応《ふさわ》しく、なくても、わたし、は、……私は、ギルフォード様を、諦めきれない……だって、私は、ギルフォード様のことを、愛してるから……！」

「――ッ」

「……だから、早く元気に、なって、帰るの……だって、ギルフォード様は、わた、し……の……」

言葉を言いきる前にフーリンは意識を失ってしまい、俺は呆然《ぼうぜん》とすることしかできなかった。

しかし頬にまで侵食してきた黒い痣に気付いた俺は慌てて魔法の送り込みを再開する。

早く治れ。でも早く治るな。そんな矛盾した気持ちが魔法にも表れていたのだろう。フーリンが治る気配はやはり、ない。

『いいか、もしお前が――』

もしお前が、あの城から出たいと願うなら、右手首を握って俺を強く思い浮かべろ。その時は必ずそこから連れ出してやる。

俺なりの精一杯の告白は、フーリンにとっては都合のいい手段でしかなかった。

コイツが俺を利用しようとする意図なんて微塵《みじん》もないことなんて分かっている。

それでも。

「……クソッ、クソクソクソッ！　クソォ!!」

自分の惨《みじ》めさ、臆病さ、そして無力さを痛感した俺は、魔法を送るのを止め、拳《こぶし》を壁に打ちつける。

殴り続けた拳《こぶし》に血が滲《にじ》んでいっても、自らの意思で止まることができなかった。

どれぐらい壁を殴り続けただろうか、手の感覚がなくなってきた頃。

「もーそのくらいでやめといたらー？」

「誰だ」

気の抜けるような子どもの声が聞こえ、そこでようやく体が止まる。

窓の桟《さん》に立つ白いローブを纏《まと》った人物が俺を見下ろしていた。

「しらないとはいわせないぞー！」

「知らねえ」

「なんだって！　これはきき捨てならないな～！」

「チッ、変な喋《しゃべ》り方してんじゃねえぞ、――ババア」

子どもの姿をしたその人物は刹那の沈黙を作った後、フードから覗き見える口を大きく開いた。

「なーんだ！　なんだなんだ！　気付いていたのか、少年よ！」

舌ったらずの喋《しゃべ》り方を止めたソイツを睨《にら》みつける。

「は？　雰囲気が全く同じじゃねえか。隠してるつもりだったのかよ。だとしたら随分とお粗末な変装だな」

「むむ、それも聞き捨てならないな。実の娘にさえバレなかったんだぞ！　少年が鋭いだけだ！」

「この馬鹿を基準にするな」

「相変わらずだなー、君は」

まあいいや、とノア、もといエテルノ・トゥニーチェは窓から飛び降りると、フーリンの下に一瞬で転移した。わずかに震えた声で娘の名を呼ぶも、フーリンの返事は当然ない。

風前の灯《ともしび》となっている娘の命に思うところがあったのか、エテルノはフーリンの手を取った。

「フーちゃんのおバカ。ちゃんと腕輪しなさいって言ったのに。……でも貴女は昔から優しい子だったから、仕方ないか」

フーリンに向かって話す声音は、子どもの姿からは想像もできない大人びたもので、その母親然とした後ろ姿に懐かしい記憶が蘇《よみがえ》ってくる。

「ババアは、治せんのか」

「……あのね、そろそろそのババアって言うのやめない？　こんな可愛い子どもに向かってそれはないでしょ」

「ババアはババアだろうが。御託《ごたく》はいいからさっさと治せ」

エテルノはゆっくりと首を振って、それはできないと断言した。

「なっ、に言ってやがる！　テメェはなんでも知ってんだろうが！」

「しってるよ〜。しってるけど、フーリンをなおせるのはただひとりだけなんだなー、これが」

「は……」

「なおせるのはノアじゃないし。……当然、少年、君でもない」

どいつもこいつも残酷なことばかり言いやがる。

ノアとエテルノでしゃべり方を変えているのも癪《しゃく》に障《さわ》った。

「治せるのはコイツの運命だけ、そう言いたいのかよ」

「そうだよ」

俺はどうあがいても、フーリンの運命じゃない。

その事実を突きつけられた俺は血に塗れた拳《こぶし》を握り、無意識に唇を噛みしめていた。

「あーあー、後で治せるとはいえ痛いでしょ。ちゃんと言葉にする癖をつけなさいってあれほど言ったのに」

「うるせえ」

嫌いだ。

「後悔するぐらいなら、さっさと告白しちゃえばよかったんじゃないの」

「うるせえ！」

俺はこの女が嫌いだ。

「何度でも口煩《うるさ》く言うよ。少年……レオも、私の息子のようなものだからなあ」

いつも見透かしたような言葉ばかり言ってきやがって。だから俺はアンタが昔から嫌いなんだ。

「……言葉にしない選択だって、選ぶ奴がいてもいいだろ」

「それもまた愛か。深いねえ」

フードのせいで表情は分からないが、エテルノが喜んでいるということだけはなんとなく察することができた。

「おい、ノア。皇子を連れて来い」

「えー、それノアのやくめ？　ノアだってフーリンのそばにいたーい」

「呑気《のんき》なこと言ってんじゃねえ。早く行け、クソババア」

「もー、私は君をそんなふうに育てた覚えはありません！」

「俺だってお前に育てられた覚えはねぇよ」

エテルノは俺の言葉に少しだけ驚いたように動きを止め、微笑んだ。

「そういえばそうだったね～！　まーいいや、ほんじゃいっちょいってきまーす！」

窓から飛び降りると同時に姿を消すのを見届けて、再度フーリンに向き直る。

荒く息をするフーリンに、効かないとは分かっていても少しでも進行を遅らせるために治癒魔法をかけながら顔を近付ける。

「お前が幸せなら、俺はそれで十分だ。ただ」

最後の俺の我儘《わがまま》くらいは受け入れてくれよな。

そう、心の中で祈るように言葉を紡ぎ、ゆっくりと唇を重ねた。

数秒もしないうちに離れフーリンの様子を眺めるも、もちろんこいつは目を覚まさない。

「はっ、なにを期待してんだか。……お前も俺も、相当の馬鹿だよな」

グシャリと片手で前髪を握り自嘲《じちょう》の笑みをこぼしたその時、時空の歪《ゆが》みが背後にできたことを感知し、表情を無に戻す。

「おまたせ！　おーじをつれてきたよ～」

エテルノの後ろにいた困惑顔の第二皇子は、フーリンの姿を見つけるとサッと顔色を変え、ベッドに足早に近寄った。

そして全身に広がる黒い痣を認めた皇子は、顔を強張《こわば》らせ唇を引き結ぶ。

澄ました顔しか見たことがなかったため人間らしい反応をする皇子が意外だったが、すぐに理解した。

この男を根本から変えたのはまぎれもない、フーリンであると。

「――ノア」

皇子の怒りに満ちた声音は、部屋の空気を震わせる。

このままでは部屋を破壊されかねないほどの怒気だった。

「おい、皇子に早くやり方を教えろ」

「もーせっかちさんなんだから～。だいじょーぶだいじょーぶ、まだだいじょーぶだからねー」

俺の内心の焦りすら見抜いていたのか、エテルノは宥めるような声を出しながら皇子のそばに近寄った。

「おぼえてる？　おーじもフーリンにしてもらったことがあるでしょ～」

「あれは……やはりノアの差し金だったか」

「あれあれ、フーリンとノアがつながってること、うすうすきづいてたかんじー？　あ、もしかしてフーリンがノアにじょうほうもらすとでもおもってた？」

「それはないな」

エテルノの言葉に被せるように否定する皇子は、どうやらフーリンのことを心の底から信用しているらしかった。

「フーリンが俺の下にいるのならば、俺にとって国家機密の漏洩《ろうえい》も身内の死もどうだっていい。フーリンがどんな選択をしようと俺は味方であり続けるし、彼女がどこへ行こうと俺は彼女から離れはしない」

いや、違うな。そう言って皇子は嗤《わら》う。

「永遠に離しはしない、そう言ったほうが正しいか」

敵《かな》わないと思った。フーリンに対する気持ち悪いぐらいの執着心を見せつけられ、ガツンと頭を殴られた錯覚に陥《おちい》った。

馬鹿じゃねえの、フーリン。どう見てもこの男は女神によって強制的にフーリンを好きになったんじゃない。

この男自らお前を選んだんだ。

「それよりどういう手順でやればいいか教えろ」

俺は思い出す。フーリンと離れることが分かったあの日を。

幼かった俺はアイツと離れる選択をした。自立できた時に再び会いに行こうと、決めたあの日のことを。

今になって気付く。結局のところ俺は臆病だったのだと。

なにも言えず、辛《つら》い時にもそばにいてやれず、素直にもなれず。こんな俺にフーリンの隣に立つ資格など、はなからなかったのだと、心臓に痛みが走る。

フーリンの体に顔を近付ける皇子の背中から目を逸《そ》らし、俺は部屋を去った。

◇二十三話　貴方が欲しい

ギルフォード様に惹かれるようになったのはいつからだっただろうか。

屈託のない笑顔を見た時？

違う。

一緒に料理をした時？

違う。

私の不安を包み込んでくれた時？

——違う。

始まりはきっと、聖杯の会場で見たあの時から。

一瞬にして目を奪われ、心臓が脈打ち、花紋が、全身がこの人だと叫んだ。

あの日、あの瞬間、私は確かに恋に落ちた。

そして城に来てからは優しさに溢《あふ》れた言動だったり、ちょっとお茶目なところだったり、男らしいところだったりと、いろんなギルフォード様を見て、無意識のうちにさらに恋の深みにハマっていった。

しかし恋心を自覚した後はギルフォード様の好意と優しさを勘違いしないように、自惚《うぬぼ》れないようにと、自分に言い聞かせるのに精一杯で。

女神によって運命の伴侶に選ばれた以上、女神を信仰しているギルフォード様は私の存在を拒むことができないから。強制的に私を好きにならざるを得なかったから。

この方には私なんかよりもっと相応《ふさわ》しい人がいる。運命の伴侶《わたし》という呪縛から解放されて、本当に好きな人と結ばれてほしいと、そんなことばかり考えていた。

なのにギルフォード様が愛おしげな目で私を見つめてくるものだから、次第に本当に愛されているように感じ始め、もしかしたらこのまま彼の隣にい続けてもいいのかな、なんて思ったりするようになっていったのだ。

ギルフォード様の優しさにつけ込んでそばにい続ける私に向かって『愛しているから』なんて、どれだけ罪作りな人なんだろう。

それが彼の本心かどうか分からないにせよ、私があの時救われたのは確かだった。

誰にも渡したくなかった。私だけのものでいてほしかった。

だから私は『運命の伴侶』という地位を利用して、ギルフォード様に初めての我儘《わがまま》を言うことを決めた。

自信がなく、全て流されるままだった今までの私を捨て、自分が望んだものを自ら捕まえに行く。

それがディーさんと約束を交わした時に胸に刻んだ、私なりの決意だった。

年相応に楽しそうに笑う姿が好き。

他の人に向ける冷たい顔が好き。

眠る前にくっついてくる体温が好き。

私を見つめる甘い瞳が好き。

フーリン、と私の名を呼ぶ低い声が好き。

ああ、早く、早く会いたい。

ギルフォード様に会いたくて仕方なかった。


「……でん、か」

「フーリン！」

目を覚ました私のそばには、夢で望んだその人がいた。

「私、生きてますか」

「生きてる」

「花紋、ちゃんとありますか？」

「ちゃんとある」

この世で一番美しいのではないかと思う顔に安堵《あんど》が滲《にじ》んでいる。

その表情を見るだけでどうしようもなく愛しい気持ちが湧いた。

「――好きです」

息を呑む音が聞こえた。

伝えたくて、でも勇気がなくて伝えられなかった言葉を、今、ようやく言えた。

「ギルフォード様のことが、好きです。これからもずっと、貴方のそばにいさせてください」

「ふー、りん」

「……これが、殿下が帰ってきたら、言いたかったことです」

私の告白もこの人なら余裕な顔で受け止めてしまうのだろうと思っていた、のに。なぜギルフォード様は真っ赤になっているのだろうか。

あまりにも予想外の反応で、私は驚きにベッドから身を起こす。

「ずるく、ないか」

手の甲で口を隠しわずかに動揺しているギルフォード様が可愛く見えたものだから、私は無意識に手を伸ばしその滑らかな頬に触れた。

「殿下が嫌だと言っても私は諦めません。運命の伴侶の地位を利用してでも、お父様に頼み込んででも、私は貴方のそばにいてみせます」

見栄も恥も掻き捨ててでも、悪女になってでも、目の前の人が本気で欲しい。

「……その必要はない」

「え？」

ギルフォード様はスッと片膝をつくと、胸に手を当て私に向かって頭を下げた。私でさえ知っている、この国における騎士の最敬礼だ。

唇を震わす私を見つめたギルフォード様は、この上なく幸せそうな微笑みを浮かべる。

「愛してる」

一度は聞いているはずなのに、雷に打たれたような衝撃を受けた。

「何度でも言おう。俺はフーリンを愛している。そして君を一生、否、死んでも愛し続けることを誓おう。フーリン・トゥニーチェの名のもとに」

「……私に誓ってどうするんですか」

そこは女神様じゃないのかと照れ隠しに口を開けば、至って真面目な顔で首を傾げられる。

「愛の言葉を告げるのに、なぜ他の女の名を言う必要がある？」

「――」

自分の限界を感じ、顔を手で覆い隠して目の前の人を視界から消すも、それを許してくれるようなギルフォード様ではないらしい。

ギルフォード様は私の手を強制的に下ろさせ、両肩を摑んで見つめてきた。

「フーリン……」

瞳はそこで蜂蜜を煮詰めているのかと疑いたくなるほど甘くて、少しだけ仄暗い。

ゆっくりと顔が近付いてきたことで無意識に目を瞑《つむ》ったその時。

「おたのしみのところざんねんだけどノアもいるんだな～」

間延びした声が部屋の甘ったるい空気を壊した。

私は慌ててギルフォード様から距離を取り、声の出所を探した。

「の、ノア!?」

「えへへー、フーリンなおってよかったねー！　もーすぐでしぬとこだったんだよ～」

「あ、そっか……ありがとう、ノア」

「どういたしまして～」

「殿下も、ありがとうございます」

おそらくギルフォード様はノアからあの方法を教えてもらったはずで、頰が熱くなるのを感じながら頭を下げる。

「……いや、治って本当によかった」

「あれれー、ノアがじゃましたからおこっちゃった？」

ギルフォード様はノアを睨《にら》むと、私の隣に座り、腰に手を回してきた。

あれ、と私はそこで首を傾げる。ノアとギルフォード様は知り合いだったっけ？

「あの、殿下はノアと知り合いなのですか？」

「依頼し、依頼されるだけの関係だ。フーリンこそノアとはどんな関係なんだ？」

「どんな関係、どんな関係、どんな関係……？」

説明しようにも名前がつくような関係ではないため、困った私はノアに縋《すが》るような視線を送る。

「ノアがフーリンのひざまくらすきだからおせわになってたかんけー！」

「膝枕、だと？」

雑すぎるノアの説明と、食いつくとこはそこなのかとギルフォード様の着眼点に脱力する。

ギルフォード様もさすがにこれ以上話を広げても意味がないと思ったのか、表情を切り替えた。

「レオはどうした？」

「どっかいっちゃった〜」

そういえばここはレオの部屋だったと今さらになって思い出す。

ギルフォード様に告白しているところを見られなくてよかったと言うべきか、お礼を言えなくて残念と言うべきか。

「……とりあえず、これからどうすべきかを考えなければ」

「おーじはもうはんにん、わかってるの？」

「ああ」

思わず見上げると、私の視線に気付いたギルフォード様がふっと笑った。

ドキッとして顔を下に向けると、ノアがクスクスと笑い出した。

「じゃあフーリンのおひろめといきますかー！」

「お披露目？」

「それはいいな。こうして想いが通じ合った以上、懸念すべき点はなにもない。今すぐ休ませてやりたい気持ちがあるがこればかりは仕方ないな」

ギルフォード様までなにを言っているのかと混乱していれば、ノアが人差し指を立て私に向ける。

ギルフォード様はなにかを察して私から離れた。

「え――」

眩《まばゆ》い光に包まれた私は次の瞬間、真新しいドレスに包まれていた。

ふわっとしたラメチュールに、ビジューやスパンコールがあしらわれた、空色の美しいドレスだ。

おまけに頭まで綺麗にセットしてくれているのか、うなじがスースーしている。

「なに、これ」

「うふふー、かわいいでしょー？」

「いや、可愛いんだけど、さ。あの、これは……お腹の露出が激しすぎないかな……」

コルセットが付けられている感覚はあるのに、なぜかウエスト部分だけオーガンジーになっていて、お腹が丸見えの状態になっている。これはとんでもなく恥ずかしい。

「かもん、みせなきゃだからね。まほうでちょっといじったよん」

「へっ」

確かに透け感があるからそこに花紋があることは分かるけれど、と、私の視線はお腹に咲き誇る花に縫い止められた。

「……」

本当に治ったんだと実感した瞬間、じわりと涙が溢《あふ》れてくるものだから慌てて拭《ぬぐ》っていると、その手をギルフォード様に取られた。

そして流れるように手の甲に口付けられる。

「綺麗だ。誰にも見せたくない」

ストレートなお世辞に、カッと顔が熱くなる。

どうして恥ずかしげもなくこんな言葉を言えるのか心底不思議で仕方ない。

「見せたくはないが、周囲を納得させるには花紋を見せつけるのが手っ取り早い」

「見せつけるというのは、あの方々に、ということですか？」

「そうなる。あれらは国の重鎮《じゅうちん》だ。あの者たちを納得させないと後々面倒くさいからな。城で暮らすという選択をするなら、の話だが」

ギルフォード様の試すような視線に、私はゆっくりと頷《うなず》く。

「行きます。私は殿下の伴侶であると認められたい」

「……分かった。必ず守る」

私が本当にギルフォード様の運命の伴侶なのかというのは、この花紋を見ればすぐに終わる話だろう。しかし私自身が皇城の人たちに認められるかどうかというのはまた別の話だ。

嫌な想像をしてしまいわずかに体に震えが走ると、小さな生き物に横から抱きしめられた。

ふわりと香るひだまりの匂いに私は目を見開く。

「だいじょーぶだよ、フーリン。じしんをもって」

「ノア……？」

「あなたはちゃんときれいになった」

そう囁いたノアはすぐに離れてしまい、私はなぜか喪失感に襲われる。

「どうした？」

「いえ、なんでもないです」

ギルフォード様に心配かけないようにすぐに首を振ると、ノアが意気揚々と声を上げた。

「よーし、じゃあいこっか！　ちゃんとつかまっててね～」

転移しようとする直前、衝動に駆られて口を開く。

「の、ノア！」

「なあに」

「あ、……ありがとう」

「どういたしまして！」

にっこりとフードから見える口が弧を描いたと同時に周囲の空間が歪《ゆが》む。

その瞬間私が思い出したのは、幼い頃に何度も嗅《か》いだ、大好きなお母様の香りだった。

◇二十四話　真実の証明

転移した先はどうやら城内にある謁見室らしく、そこには玉座に座る皇帝陛下と、私の部屋に押しかけてきてた貴族たちの姿があった。

「だから我らは最初から反対だったのです！　あのトゥニーチェを国営に携わらせるなど！」

「今すぐにでも彼奴《かやつ》らを排除すれば国はまだ護《まも》れますっ」

「トゥニーチェの家に騎士を送り込みましょう。陛下、ご決断を」

「お喋《しゃべ》りはそこまでにしてもらおうか」

ギルフォード様の声によって、貴族たちの視線が一斉にこちらに向く。

「ギ、ギルフォード殿下!?」

「いや待て、その横にいるのは」

突如現れた私たちに人々は目を瞠ったが、私の存在に気付くやいなや口々に声を上げ始めた。

「トゥニーチェの娘だ！」

「殿下が罪人を探し出してきてくださったぞ！」

「すぐに捕らえろ！」

直接ぶつけられる敵意に足が竦《すく》みそうになるも、ギルフォード様が手を強く握ってくれて私は勇気を取り戻す。

大丈夫。後ろめたいことはなに一つない。

胸を張れ。私はウルリヒ・トゥニーチェの娘、そしてイルジュア帝国第二皇子ギルフォードの運命の伴侶、フーリン・トゥニーチェだ。

私が言葉を発するよりも先に、口を開く人がいた。

「鎮まれ」

威厳に満ちたその一言だけで場は静まり返った。

玉座へ視線を移すと、一瞬だけ皇帝陛下と目が合う。

「其方たちの言う、トゥニーチェ家が我が帝国の秩序を転覆せしめんとしていることが事実であるならば、余とて動かぬわけにもいかぬ。が、そもそもウルリヒ・トゥニーチェに国を乗っ取ろうなどという意思があるとは思えん」

「ですがっ」

「しつこい。真実であると申すのであればまずは証拠を揃《そろ》えよ。その暁には当人を詰問《きつもん》するなり聴聞会を開くなりすればよい」

それに、と皇帝陛下は一拍置いて、再度私を見た。

「彼女がギルフォードの運命の伴侶であることはもはや疑う余地もない」

「しっ、しかし、トゥニーチェの娘には花紋がないと証明されております！」

「証明？　では彼女のお腹にある花紋は偽物だとでも言うのか？」

皇帝陛下とギルフォード様の視線が混じり合い、部屋に緊張が走ったように思えた。

「フーリンは正真正銘、俺の運命の伴侶だ。ウルリヒの脅迫によってフーリンをそばに置いているわけではない。フーリンの存在を公表しなかったのは、彼女を隠しておきたかったという俺の我儘《わがまま》が理由だ」

貴族たちはなにも言い出せないのか、部屋は静まり返ってしまった、ように思えたけれど、一人の男が私たちの前に歩み出てきた。

「彼女が殿下の伴侶であることは嘘偽《いつわ》りないようですな。ですが殿下、皇太子妃殿下殺害未遂の件はどう説明されるおつもりでしょう？　なにせフーリン嬢の容疑はまだ晴れておりません。自分の立場を利用した上で父と共謀したことは否定できないと思うのですが」

そう言っていやらしい笑みを浮かべていたデイヴィット・キャンベルだったが、ギルフォード様が放った言葉で顔を凍《こお》りつかせた。

「ああ、それなら話はもうついている」

「――は？」

「ノア、連れて来い」

ギルフォード様がこの場にいないはずの人物の名を呼ぶと、間延びした「は～い」という声が聞こえた。

そして目の前に忽然《こつぜん》と現れたのは、仕方なさそうな笑みを浮かべたお父様と、戸惑った表情を浮かべたラプサだった。

「殿下、これは」

「お前たちが憶測ばかりで話をするものだからな。当人を呼んでやった」

「もー、おーじはひとづかいがあらいんだから～。このおじょーちゃんにげようとするから、ちょっとめんどくさかったんだよー？」

場の空気にそぐわないノアの喋《しゃべ》り方に肩の力が抜ける私がいる一方で、ノアという危険人物の登場に貴族たちの間には恐怖と動揺が走った。

「ノアはこのおーじにいらいされたから、ここにきたんだ～。きみたちも『ノア』《だいさんしゃ》がしょーめいすればなっとくする、ってことでね！」

ノアはそう言って姿を消したかと思うと、次の瞬間には皇帝陛下の膝の上に移動しており、恐れ多くも皇帝陛下を椅子にして不適な微笑みを浮かべた。

そのことに誰も不敬だと言えないくらい、皆はノアを恐れているようだった。

それだけ『ノア』の名前には力がある、らしい。

「まずひとつめ。フーリン・トゥニーチェはまちがいなくギルフォードおーじのうんめいのはんりょだよ。かもんもちゃんとあるし、なによりおーじがじぶんのくちでそうせんげんしてるからね！」

ノアは指を一本立ててそう宣言した。続けて二本目の指を立てる。

「ふたつめ。ウルリヒ・トゥニーチェはイルジュアをのっとるきはまったくないし、こうたいしひのさつがいみすいのはんにんでもない。もちろんフーリンも。で、あってるよね？　ウルリヒくん」

唐突に話を振ったように思えたけれど、お父様は慌てる様子もなくいつものゆったりとした雰囲気のまま頷《うなず》く。

「そうですね。私は国を乗っ取るなんて、そんな面倒くさいことはしませんよ」

「のっとるぐらいならじぶんでくにをつくる、だって～」

「まあそこまでこの国から私を追い出したいならそれもそれでいいんですがね。そろそろ隠居してもいいかと考えておりましたから」

「わたしがきえたらこのくにはおわるけど、べつにイルジュアがどうなろうがどうでもいい、だって！」

この城に来てから知ったことではあるけれど、どうやらお父様は国家財政に多大な貢献をしているらしく、業界ではこの国からトゥニーチェ家がいなくなれば国は滅ぶとまで言われているとか。

そのことを今の今まで忘れていたのだろうか、貴族たちは顔を真っ青にして震え出した。

「みっつめ。こんかいのじけんのはんにんは、そこにいる、まどうしのラプサだよ」

人々の視線がラプサに集中する。

ラプサが魔導師であることを初めて知ったのは私だけではなかったらしい。貴族たちも、ギルフォード様でさえも目を見開いていた。

ノアの言葉にラプサは動じておらず、それどころかクッと口角を上げた。

「はっ、ノアがわたしを犯人だと決めつけたからってなに？　わたしがやったっていう証拠でもあんの!?」

「――あるよ」

声がした部屋の入り口に目を向ければ、そこにはエルズワース様がいた。

その腕に横抱きにされているリフェイディール様の存在に気付いた瞬間、ラプサはサッと顔を白くした。

「な、んで、生きてるの……ッ」

動揺したことで口が滑ってしまったようで、それが彼女の罪を決定づけた。

「僕が治したんだよ。フーリンちゃんが教えてくれた真実の愛のキス、ってやつでね」

生死の境を彷徨《さまよ》っていたとは思えないほど血色のいいリフェイディール様の顔を見て、私はホッと息を吐く。

エルズワース様の腕から降ろされたリフェイディール様は、にっこりと微笑んでラプサを見据《みす》えた。

「わたくしも証言いたしましょう。フーリン・トゥニーチェが犯人ではないことを。そして、侍女ラプサ、貴女こそわたくしを殺そうとした真犯人であるということを」

唇を噛み俯いたラプサに追い討ちをかけるように、ノアは口を開く。

「よっつめ。このじけんのしゅぼうしゃは——きみ、デイヴィット・キャンベル」

「なっ、私!?」

ノアに名指しされたキャンベルは、見るからに狼狽《ろうばい》した。

「私はやってない!! そこの侍女がやっただけの話だろう!? それこそ私がやったという証拠などないはずだ!!」

「あるんだな〜、それが」

ノアが指を鳴らすと、空間に複数の映像が現れた。

ラディとローズと魔道具を使って話をした時と同じように、最初にザザッ、ザザッとノイズが入り、はっきりとした映像が流れ始める。

そこにはデイヴィット・キャンベルとラプサが犯行の計画の話をしている場面が映っていて、私だけじゃなく、お父様をも亡き者にしようとしていたことが分かった。そしてデイヴィット・キャンベルその人こそが、国を乗っ取ろうとしていたということも。

「ち、違う！ これはノアが捏造《ねつぞう》したものだ！」

「ははは、キャンベル殿も随分と落ちたものですなあ」

「トゥニーチェ……ッ!!　貴様《きさま》!!」

お父様のあからさまな挑発に眦《まなじり》を吊り上げたキャンベルは、懐《ふところ》からナイフを取り出した。

「おやおや、そんな物騒《ぶっそう》なものを人に向けるなど、それだけで罪が増えるというのに愚かな人だ。ですよね、殿下」

「あ、こ、これは殿下、ちが、違うのです！」

慌ててナイフを背に隠し必死に弁明するも虚《むな》しく、ギルフォード様は眉一つ動かさず決断を下す。

「デイヴィット・キャンベル、ならびに魔導師ラプサ。皇太子妃、ならびにフーリン・トゥニーチェ殺害未遂、および内乱罪の容疑で貴様らを逮捕する。そしてそれに加担した者たちも罪から逃れられると思うな」

その一言が放たれた瞬間、騎士たちが部屋に入り込み、血色をなくした二人と貴族たちを取り囲んだ。

これで話が終わったかのように思えたが、捕縛される寸前にラプサが魔法を発動し、騎士を跳ね飛ばした。

「……ふざけないでよ。そもそもわたしは皇妃に命令されてやったの！　脅されて仕方なくこの男と組んだに過ぎないわ!!」

皇妃陛下の名が上がったことで貴族たちが戸惑いの表情を見せるが、すぐにその空気を壊すようにノアが声を上げる。

「あ、そっか！　ひとりつれてくるのわすれてた！　ノアったらドジなんだから〜」

皇帝陛下の膝から飛び降り消えたのも束の間、戻ってきたノアのそばには皇妃陛下がいた。

突然連れて来られたにもかかわらず落ち着いている皇妃陛下は、ゆっくりと周りを見回し、扇子で口元を隠しながらラプサを見据《みす》える。

「ラプサ」

「……こ、皇妃陛下」

「其方……」

皇妃陛下の冷たい瞳に耐えられなくなったのか、ラプサが必死な顔で皇妃陛下に詰め寄る。

「っ、あ、あんただってコイツのこと邪魔に思ってたんでしょ!? それをわたしが代わりにやってあげただけじゃない！」

「誰が、誰を、だって？」

「なにとぼけてんのよっ。あんたはフーリン・トゥニーチェのこと嫌ってたんでしょ!? そう言ってたじゃない!!」

肩で息をするラプサを見た皇妃陛下は目を細め、鼻を鳴らした。

「こんなにも簡単に引っかかってくれるとは、なんとも扱いやすい女子《おなご》だな、お前は」

「は……？」

豆鉄砲を食らったようなラプサの表情はなんとも哀れで、思わず同情してしまうほどだった。

「ラプサ、其方、ギルフォードのことを好いておるのだろう？」

この言葉が全てだった。

お城に来てから薄々感じていたことではあるけれど、ラプサがカッと顔を赤くした様子から、どうやら図星らしい。

ラプサはギルフォード様と結ばれるために私を殺そうとしていたのだ。

「当然好いておるだけなら問題はなかった。が、其方の恋心は我の目から見てもあまりにも苛烈なものだった。お主は我の下にいた時からギルフォードに仕える女たちを秘密裏に消していたであろう？だからこそギルフォードの運命の伴侶が現れればその者に危害を加えることは容易に予想できた」

「な、なんで」

「なぜ気付いたのか、だって？　ふん、其方は病弱であるからと我を舐めておったが、病弱であるからと言ってこれぐらいのことに気付かぬ阿呆《あほう》ではないわ。お主とキャンベルが昔から繋《つな》がっていることなど最初から気付いておったし、其方を少しけしかければそこと通謀してなにかを起こすだろうと踏んではいた」

キャンベルもそろそろ目障りであったしちょうどよかった、と淡々と話す皇妃陛下に、ラプサは床に座り込んでしまった。

「フーリン嬢とリフェイディールを危険な目に遭わせてしまってことについては申し訳ないと思っているが、まさかこうもうまくことが運ぶとは」

「……ッ」

「感謝しているよ、ラプサ。これで我等を悩ませていた問題が二つも片付くのだから」

そう言って、皇妃陛下は満足げに目を細めた。

全ては皇妃陛下の掌で転がされていたのかと私は納得したけれど、ギルフォード様は納得がいかないのか苦虫を噛みつぶしたような表情で皇妃陛下を見ていた。

もう言い逃れはできないだろうと、再び騎士たちがラプサを捕縛しようとした時に、ラプサは俯《うつむ》いてぶつぶつとなにかを呟き始めた。

そして部屋の温度が一気に下がったと感じた瞬間、彼女の両手にそれぞれ黒いエネルギー弾が出現する。

攻撃魔法だと気付いた時には既《すで》にラプサの殺意は皇妃陛下と私に向けられていた。

「――死ね!!」

二つの攻撃魔法が私と皇妃陛下に向かって放たれ、私は目を瞑《つむ》った――。

◇二十五話　正直になる

床を蹴り剣を振るえば、たかが知れている攻撃魔法はすぐに消えた。

「手癖の悪い奴がいたものだな」

「全くだ」

俺の剣が女の右肩を、――レオが作り出した光の剣が左肩を貫く。

突然現れた男に口角が上がりこそすれ驚きはしなかったが、助けられた母上は違うようだった。

「其方、は」

「……あんた、そろそろ歳なんだから無茶すんなよな」

その口ぶりから二人の間に、決して短くはないであろう期間で築かれた親しい関係がうかがえ、片眉が動く。

この二人がどういった関係なのか分からないが、二人の髪色が全く同じ色合いであることに今さらながら気付き、思わず兄上のほうに視線だけを動かす。

しかし兄上も知らなかったようで小さく首を横に振っていた。

「おい、お前」

「ぐっ、っ、なっ、大魔導師の、レオ……!?」

レオは険《けわ》しい顔のまま光の剣を消し、肩から血を流す女の下に歩み寄ると、先ほどの女のものとは比べものにならないほど威力のある攻撃魔法を掌上に浮かべた。

「魔導師の風上にも置けない屑《くず》が。死ね」

その言葉はさすがに聞き捨てならず止めようとしたが、その前にフーリンがレオにすがりついた。

「待って待って待って！　レオ、ストップ！」

「おい、危ねえだろうが！　お前は皇子の後ろにでもいろ」

「や、殺すのは早いってっ」

「どうせコイツは死刑だ。なら今殺すのも変わりはねえだろ」

「そうじゃなくて！」

レオの服の裾を掴むフーリンを見ているなどという状況に、当然我慢できるはずもなく、手を伸ばそうとしたが、

「――私はまだラプサになにも言ってない！」

フーリンの一言で動きが止まる。

殺すことは止めないんだなと苦笑がこぼれ、そのまま大人しく手を下ろた。

どうやらレオも同じことを思ったようで、呆れたように溜息を吐く。

「……お前も大概だよな」

「え？」

「なんでもねぇ」

俺は静かに近付いて女の肩から剣を引き抜き、振って血を取る。

そして女がフーリンに危害を加えられないよう、レオと共に横に控えた。

「ラプサ」

「ぅ、ごほっ、なによっ」

ギッとフーリンを睨《にら》みつける女に殺意が湧くも、剣を握っていないほうの拳《こぶし》を握りしめ耐える。

「ごめんね」

罵られると思っていた女は、フーリンの短い一言に呆気に取られ、言葉の意味を理解した瞬間面白いくらいに顔を醜《みにく》く歪《ゆが》ませた。

「ギルフォード様が私のものでごめんね」

いつもの愛らしさは鳴りを潜《ひそ》めた、美しく気高いフーリンの横顔に、自分でも驚くほどの動揺を覚えた。

そんな顔をさせたのは他でもなく、この俺で。

ああ、ついに、ついに、ついに！　フーリンが俺のものになった……ッ！

俺に対するフーリンの愛情を強く実感したことで、全身が歓喜に打ち震え、心臓がバクバクと異常なくらいに音を立て始める。そして誰にも見られないよう、誰にも彼女を取られないようにと、今すぐにでも隠してしまいたいという衝動が俺を襲う。

しかし女の目が濁ったのを見て咄嗟《とっさ》に頭を切り替え、フーリンの腰を抱き、剣を突き出す。

「なによ、なによなによなによっ！　無能なくせに、美人でもないくせに、ただ花紋があっただけの存在に過ぎないくせに！　あんたがいるからわたしはギルフォード様と結ばれない！　ギルフォード様の本当の運命はわたしなのにっ！　――あんたが生まれたこと自体が間違いなのよ!!」

それなりの手順を踏んで逝かせてやろうと思っていたが、もう我慢ならなかった。

斬ろう、と無意識に腕が動いたその時。

「ぱあん」

子どもの無邪気な声が聞こえた直後、女の額から血飛沫《ちしぶき》が上がった。

「……え？」

なにが起きたのか分からないまま崩れ落ちていく女を一瞥《いちべつ》し、女に攻撃を加えた人物を見遣《みや》る。

「あは、ちょっとうるさかったからやっちゃった」

口調こそ軽いが、そこに怒りの感情が含まれていることに気付き、俺はフーリンを背に隠した。

ノアが得体の知れない危険人物であることを忘れたわけではなかったが、警戒を怠《おこた》っていたことは否定できなかった。

「だいじょーぶだいじょーぶ。ちゃーんといきてるよ～」

危険な状況であるにもかかわらず、なぜかレオだけはノアに対して構える様子はなく、むしろ呆《あき》れた表情を浮かべていた。

緊迫した空気の中、最初に動いたのは今まで傍観していたウルリヒで、空気を変えるかのように手を叩く。

「さて、そろそろ私はお暇させていただきましょうか。やるべきことがまだ残っているのでね。よろしいですよね、皇太子殿下」

「もちろん。よろしく頼むよ」

「このようなことは今回限りでお願いいたします」

「あはは、手厳しいなあ。了解～」

兄上がへらりと笑って手を振ると、ウルリヒはデイヴィットの下へ歩み寄る。

「なっ、ななな、なんだっ」

「いえ、最期にご挨拶をと思いまして」

自分の目の前で女が倒れたことに凄《すさ》まじい恐怖を覚えたのか、デイヴィットは失神しないのが不思議なほど青ざめている。全身を小刻みに震わせ、瞳孔《どうこう》を開き、脂汗《あぶらあせ》を滲《にじ》ませていた。

「貴方が今までに行ってきたこと全て、嘘偽りなく報告させていただきますので、どうかご案じなさいますな」

「そ、れは！」

「それでは、どうかお元気で」

ウルリヒは死刑が確定している者に向かって最高の煽《あお》り文句を吐き捨てると、デイヴィットは白目を剝《む》いて気絶してしまった。

床に転がっている人間を一瞥《いちべつ》したウルリヒは、俺に向かって頷《うなず》く。

「連れて行け」

再度命を下せば騎士たちが動き出し、女とデイヴィット、ならびに映像に映っていた何名かの貴族たちを連行し始めた。

その間を縫うように俺たちの下に来たウルリヒは、フーリンの頭を撫でて微笑みかける。

「もう大丈夫。なにも心配はいらないよ」

先ほどの声色とは一転して甘い声を出すウルリヒに、連行されていく人間が息を呑んだ。

これだけで溺愛《できあい》具合がうかがえるのだから、トゥニーチェの珠玉と謳《うた》われるフーリンを陥《おとしい》れた者が、ウルリヒによる報復を免《まぬか》れないことは確かだった。

「私も、もう大丈夫だよ」

「——そう、大きくなったね」

「今まで心配かけてごめんなさい。それと、……ありがとう、お父様。今までも、これからも大好きよ」

　二人の間にあったしがらみが、今、確かに消えた瞬間だった。

　そっとウルリヒに抱きつくフーリンに複雑な心境になりはしたが、哀愁漂うウルリヒの表情に溜飲《りゅういん》を下げた。フーリンが自分の庇護下から出て行くことをウルリヒが認めたことが分かったからだ。

　涙ぐむフーリンを後でどう甘やかそうかと考えていると、いつの間に近寄ってきたのかノアがウルリヒの腕を摑んだ。

「じゃあ、ノアたんはかりたものをかえしにいかなきゃいけないので！　こーひさまはおいていくから、あとはごゆっくり～！　あ、おーじ！　せいきゅうはまたこんどね！　ばいばーい！」

　罪人とはいえ人に害を為したことを言及されないようにするためか、ノアは慌ただしくウルリヒと共に姿を消した。

　時間がなかったため『情報屋』としての箔《はく》が付いているノアを頼る結果となってしまったが、後々のことも考えると小さくない後悔が俺を襲う。

　こめかみを押さえながら、部屋に残る他の貴族たちに謹慎処分を言い渡し下がらせると、身内だけになった部屋は水を打ったような静けさに包まれた。

　フーリン、俺、兄上、義姉上、父上、母上、そしてレオ、それぞれがそれぞれの顔色をうかがう中、沈黙を破ったのは兄上だ。

「皇妃陛下と大魔導師レオは一体どういった関係なのですか」

密《ひそ》かに視界の隅で父上の表情の変化を見ていたが特に変わる様子はなかった。

レオと母上はお互いに視線を交わらせ、仕方がないとでも言いたげな表情を浮かべた。

「……叔母と甥の関係だ」

「叔母と甥？　おかしいな、少なくとも僕にとっては初耳だね」

返ってきたレオの淡白な答えに、兄上は生き生きとした顔をして切り込んでいく。

レオの言葉が正しければ皇族とも親戚関係にあるということで、それならば俺たちが把握していないはずがなかった。

「エルズワース、其方は知っているであろう。我々の妹のことを。レオナル……レオはその息子だ」

「えー、あー、そういうこと？」

「……どういうことですか」

なにかを納得した兄上の一方で、持ち合わせる情報とうまく擦《す》り合わせることができない俺はただ困惑する。

母上は二人姉妹であり、双子の妹にあたるが、そうであっても『我々の妹』という言い方はおかしいはずだ。

「全てを話すべき時が来たのであろう。――ナージュ」

ほとんどの時間を黙したままでいた父上が口を開いたかと思うと、母上の本当の名前を呼んだ。

「……承知いたしました、陛下」

静かに頷《うなず》き扇子を閉じた母上は、どうしてかいつもより小さく見えた。

◇二十六話　弱い人

「貴方の名前はギルフォードだそうよ。……強くあれ、我が息子よ」

黒い髪の小さな生き物をこの手に抱いた時、あらゆる感情があたしを襲い、年甲斐《としがい》もなく号泣したことを今でも鮮明に覚えている。

第二皇子の誕生に世間が沸く中、平凡な暮らしを、大切な姉を、実の息子を……、多くのものを失ったあたしは確かに絶望の淵に立っていた。

貴族として生まれたあたしには一人の姉と一人の妹がいた。

双子の姉であるアデラインは、稀に見る優しい人だった。また、嫌なことがあっても自分の中に溜め込んでしまうような人間でもあった。それなのに自身の弱い内面を隠すように尊大な口調で喋るものだから、周囲の人間からは傲慢な人間だと誤解されがちだった。

一方、四歳下の妹のエミリーは我が強く、好き嫌いがはっきりしている人間だった。人に取り入るのがうまく、甘い顔立ちと声で多くの者を味方につけていった。

魔法の才能もあったため、将来は高給取りである魔導師になるだろうと言われていた。両親はそんな将来が期待できる末の娘を溺愛して必要以上に甘やかし、その結果、妹の我儘《わがまま》具合は歳を重ねるにつれひどくなっていった。

妹の我儘の最たる被害者は、他でもない、アデラインだ。

『アーデお姉さま。わたし、お姉さまがつけてる髪飾りが欲しいわ』

『アーデお姉さま、わたし、お姉さまのそのドレスが欲しい！』

『アーデお姉さま、わたし、お姉さまのご友人と仲良くなりたいの』

エミリーがあたしに強請《ねだ》ることがなかったのは、アデラインと違って口煩《うるさ》い性格をしていたし、そもそもレストアに留学して実家にいなかったという理由が大きいだろう。

両親は長女だからという理由でアデラインに対してはとても厳しく、少しでもエミリーのおねだりを断ろうものならすぐに叱責の声が飛んだ。

根っからの性格もあってアデラインは両親に逆らうことはできず、情けない笑みを浮かべて大人しく歳の離れた妹の言葉に従うのが常であった。

休暇で実家に帰るたびに姉の顔は暗くなり、妹の傍若無人さは増していくものだから、あたしは何度もアデラインを慰めた。

しかしそんな姉にも、皇帝の運命の伴侶に選ばれるという大きな転機が訪れ、皇帝のそばにいるようになってからは生まれ変わったように美しく、明るくなっていった。そんなアデラインを見て、あたしは喜んでいた。

しかしそれを妨げるのが、このエミリーという悪女《いもうと》で。

「アーデお姉さま。わたし、陛下が欲しい」

にこにこと無邪気に笑う妹が悪魔に見えた瞬間だった。

「ね、ナージュお姉さまからもなにか言ってさしあげて。アーデお姉さまに陛下は釣り合わないって」

断られると微塵《みじん》も思っていない態度と、アデラインを貶《けな》す言葉が出てきたことで、さすがの私も堪忍袋の緒が切れそうになった、その時。

「――やらん」

「え？」

「其方だけにはあの人はやらん」

初めて、アデラインが妹のおねだりを断った。

「なんでっ!?　アーデお姉さまはいつも断らないじゃない！　陛下だってくれたっていいでしょう！」

「彼は、我のものだ」

「信じられない！　お母さまたちに言いつけるわ！」

「勝手にしろ。言っておくが我は皇妃。血縁者であろうといち貴族が皇族に簡単に意見できると思うなよ」

目に涙を溜めた妹が部屋を去ると、アデラインはあたしの横に座ってもたれかかってきた。

「……しんどいものだな」

「なに言ってるの。あんなの無視しておけばいいのよ。それよりどう？　ここでの暮らしは」

「ああ、とてもよくしてくださっている。だが、なかなかナージュに会えないのが難点ではあるな」

「それは確かにそうよね。今も貴重な時間だっていうのに、あれが勝手についてくるんだもの。本当に困ったわ」

今思い出しても苛立《いらだ》ちが腹の底から湧いてくる。

顔を顰《しか》めるあたしを見上げたアデラインは、あたしの眉間に寄った皺《しわ》を伸ばすように指を当ててくる。

「笑っていろ、ナージュ、我が太陽。其方が笑うだけで我は元気になる」

「もう、その我が太陽って言うのやめない？ 恥ずかしいんだけど」

「ナージュは昔から我にとって太陽だからな。其方のそばにいる時だけは我は光を浴びることができる」

「それこそなにを言ってるの。アーデはもう自由なの。あの家から出られたのなら、あたしがいなくたって光を浴びれるわ」

そういうことにしておこうか、とアデラインが微笑むものだから、あたしは諦めて肩を竦《すく》めるだけにとどめた。


それからアデラインは息子、エルズワースを産んだ。

待望の皇子の誕生に、民は喜んだが、エルズワースは身体がとても弱く、成人まで生きられないとまで宣告され、不安の声が上がるのに時間はかからなかった。

十年経ってもエルズワースの体が強くなることも、次の子が生まれることもなく、それどころかアデラインまで身体を壊し、皇城内に重い空気が漂い始めた。

ある日のこと、あたしは城に呼び出された。アデラインになにかあったのだろうかと急いで参上したあたしが聞かされたのは、想像を絶する内容だった。

「――――は？」

体の弱いアデラインの代わりに皇帝の子を成せ。あたしは結婚していないから問題ないだろう。皇妃も了承済である、と。

大臣と名乗る脂にまみれた顔の男からそう聞かされたあたしは、男を突き飛ばしてすぐにアデラインの下へ向かい、ベッドに背を預《あず》けて本を読んでいる姉の名を呼んだ。

「アーデ！」

「……ひどい顔をしているぞ、ナージュ」

ぱたりと本を閉じたアデラインは不思議なくらいに落ち着いた笑みを浮かべ、あたしの背を撫でた。

「なにがどうなってるの!?　あたしが陛下の子を産むなんて絶対嫌よ！」

「ナージュにとってはそうだろうな。酷《こく》なことを言っていることも分かっている。だが、……この国のために子を産んでくれないだろうか」

「ッ、なんでっ、なんでそんなことが言えるの!?　アーデだって嫌なんでしょ!?　陛下だって嫌に決まってる！　どうして抗議しないの!!」

憤《いきどお》る私の手をアデラインがそっと包んだ。アデラインの手が微《かす》かに震えていることに気付いて、あたしは口を噤《つぐ》んだ。

「確かにあの人は同意しないだろう。だがな、――もう、持ちそうにないんだ」

「……え？」

「あの子はどうしても我のことが許せなかったらしい」

その言葉が示唆するのは、妹、エミリーのことで。

じわじわとアデラインの言葉の意味を理解していくのに比例して、顔が青ざめていくのが分かった。

「なに、が」

「毎日悪夢を見るんだ。内容は覚えていないけれど、とても辛《つら》くて悲しい夢を。夢を見るようになって以来、気力や体力が削られていく一方でな、まいったよ」

「もしかして精神に干渉する魔法を」

「どうやらそうみたいだ。あの子にもまいったよ。せっかく魔導師になれたというのに、なにもこんなところでその才能を発揮せずともいいのにな……」

命の危機にあるというのに、その元凶である妹を『あの子』と慈《いつく》しむように呼ぶアデラインの心理が理解できなかった。

そして実の姉を殺そうとする妹の頭も。

「陛下にはもう言ったのよね？」

「さすがに妹が犯人だとは伝えていないがな。……すぐに魔導師にも見てもらったが、この魔法を解くには一つの方法しかないらしい」

「一つでも方法があるならよかったじゃない！　なに諦めてるのよ！」

安堵《あんど》から表情を明るくするあたしから目を逸《そ》らし、アデラインは自嘲《じちょう》の笑みを漏らした。

「魔法をかけた魔導師を殺すこと」

それが唯一我の助かる道だ、と。

息を止め、顔を強張《こわば》らせたあたしを、アデラインはゆっくりと抱きしめてきた。

「ね、え、あたしが、あたしが殺してみせるよ？」

「いいんだ」

「じゃあ陛下に、陛下に言えばいいわ！　あの方ならあたしよりももっと……！」

「ナージュ」

これ以上なにも言うなといわんばかりに、アデラインは腕に力を込める。しかしそれは振りほどこうと思えばすぐに振りほどけてしまうほど、弱々しいものだった。

「彼にはなにも言わないでくれないか」

「い、や」

「其方には辛《つら》い思いをさせるだろう」

「いや、よ」

「だがどうか、どうか、この国のために、彼のために、どうか」

この自己中心的な姉の願いをあたしはどうしても無下にできなかった。

めったにない、アデラインの甘えだったから。

「ナージュ、我が太陽。我を恨んでいい。……でも、どうか、幸せになってくれ」

そんな残酷な言葉を残したアデラインは、それからほどなくしてこの世を去った。

姉は優しすぎた。それと同時に弱い心の持ち主であった。だからこの世界自体に耐えられなくなったのだろうか。姉が生きるにはこの世界は汚すぎたのだろうか。

「馬鹿ね、アーデ……あたしが貴女を恨むわけないじゃない」

アデラインが密葬されたその日、あたしは城に入った。そしてあたしが陛下に妹のことを打ち明けると、陛下は泣き喚《わめ》くでもなくただ静かに涙を流した。

「陛下は、なぜ生きていられるのですか」

運命の伴侶が死んだというのに、と皮肉を込めれば、陛下はとても悲しそうに顔を歪《ゆが》めた。

「生きてくれ、と。そう言われたから」

やはり姉は残酷な人だと思った。

その翌日、あたしは妹がこの世から消されたことを知った。

◇二十七話　歩き出す時

　それからも陛下とはお互い打ち解けようと努力することもなく、ギルフォードを産んだ後は疎遠になった。体が弱いという設定をつけ城の外になるべく出ないようにしたのは他でもない、このあたしの発案だ。独りで過ごす毎日が辛《つら》くなかったと言えば嘘になるが、誰にも頼ることができない以上、仕方ないと諦めていた。

　そんな生活の中でも、あたしにとって唯一の楽しみがあった。たまの公務である孤児院への訪問だ。その日もいつものように国立の孤児院に足を踏み入れた。のはいいものの、孤児院内の空気がどこかソワソワしていることに気付いた。

「なにかあったのか？」

「いえ、それがですね……」

「魔法を使える子どもがいる？」

「はい、実は昨日判明したばかりでして、皇妃陛下とお話しさせていただけるのならあの子もきっと喜びましょう」

　促されるままに小部屋に入れば、そこにはあたしを睨《にら》む少年が座っていた。

「……少し、彼と二人にしてくれないか」

「は、しかし」

「頼む」

「御意《ぎょい》」

護衛を下がらせ二人きりになったところで、改めて目の前の少年に上から下まで視線を滑らせる。

「其方の名は？」

「……レオ」

やはり、と確信する。

彼の名はレオナルド・グレー。

間違いなく、エミリーが産んだ子どもだった。

陛下を自分のものにできなかった妹は、年頃になると両親の勧めた人と結婚し、レオナルドを産んだ。

しかし相手の男は暴力を振るうような男だったらしく、妹の生活はひどいものだったらしい。離婚したいと両親に訴えても、夫は外面だけはよく、取り合ってくれなかったそうだ。

夫から逃げられないことで、だんだんと追いつめられていった妹はレオナルドを捨て、魔法で夫に重傷を負わせるという事件を起こした。両親もようやくことの大きさに気付いたようだったが時既《すで》に遅く、赤ん坊も見つからなければ夫も瀕死の状態となっていた。

妹は両親にかくまわれ、事件もなんとか内密に処理させたようだが、それ以来両親の妹に対する態度は冷たくなった。

そうして溜まっていった妹の鬱憤《うっぷん》は幸せそうに暮らすアデラインに向かった。

アデラインは妹の事情を知らされていなかったみたいだったから、それも妹の癇《かん》に障ったのだろう。

「何歳だ？」

「……七さい」

濃い紫色の髪はグレー家の血が流れていることを証明しており、当然私たち姉妹と同じ色だ。吊り上がった目は妹というより、あたしたちのものとよく似ていて、あたしが彼の母親であると言っても疑われはしない。

「あんまジロジロみんなよ」

あたしは立ち上がると彼の前で膝をつき、震える手で七歳にしては小さな彼の手を握り、外にいる者に聞こえないよう声量を落として話しかける。

「な、なんなんだよ」

「我の名はアデライン。其方の伯母だ」

「……は？」

「其方の実の母に代わり、保護者となりたい」

レオナルドは状況についていけないのか、ちょっと待てと手を突き出して静止する。

「おれのおば？　……おれのかあさんは？」

「死んだ」

「──そうかよ」

平気なフリをしているが、動揺を隠しきれていない人間臭さがなんとも愛おしかった。たとえ憎い妹の子であるとしても、子どもに罪はない。

「かあさんは、おれがいらなくなったからここにすてたんだろ。今さらほごしゃなんていらない。おれのことはほうっておけ」

「其方には魔法の才があると聞いている」

「ッ」

「これから其方には大勢の汚い大人たちが群がってくるだろう。我はその盾となりたいんだ、レオナルド」

「レオ、ナルド……？　それがおれのほんとうの名まえなのか？」

「そうだ、其方の名はレオナルド・グレー。このイルジュア帝国を建国時より支えてきた歴史ある家、グレー家の正統なる血筋を引く者だ」

あたしの言葉をゆっくりと噛みしめると、レオナルドは拳《こぶし》を強く握りしめあたしを見据《みす》えた。

「かりに、あんたがおれをほごするとして、おれはどこに行くことになるんだ」

「レストアに知り合いの魔導師がいる。我は一応皇妃であるからな、其方の面倒を直接見ることはできん」

「レストア……」

途端《とたん》に顔を暗くするレオナルドに、あたしは焦る。

「レストアに行くのは嫌か？」

「……いや、べつにいい。行く」

レオナルドは静かにあたしの言葉を受け入れた。

あまりの受け入れの早さに心配になったあたしはレオナルドの顔を覗き込んだが、そこにはおよそ子どもらしくない、諦めた表情があるだけだった。

「レオナルド」

「……」

「我は、……あたしは、君と家族になりたい」

「なってどうするんだ」

「君を見守らせてくれ。君が無事であることを祈る権利をくれ」

「ッ、あんたにはほんとのかぞくがいるんだろ！」

「――いないの。あたしはずっと独りぼっちだから」

突然口調を変え、顔を歪《ゆが》めたあたしに、レオナルドは驚いて身を強張《こわば》らせた。

「嘘をついてごめんね。あたしの本当の名前はナージュ。理由があっていろいろ隠しているけど、血縁関係なくよかったらあたしと仲良くしてくれると嬉しいわ」

「……しょうがねえおばさんだな」

レオナルドは泣きそうになっているあたしの頭を撫でると、初めて笑みのようなものを見せた。

＊

その後あたしが陰で融通した結果、レオナルドはレストアへ飛びその魔導師の下で魔法を学ぶこととなった。

レオナルドがレストアに行って以来、唯一の肉親とあってか、催促したわけでもないのに時折手紙が送られてくるようになった。

たいした文量ではなかったけれど、子どものくせにあたしを心配するような内容が書かれていることが多く、なら顔もたまには見せに来てねと冗談を書けば、本当にあたしの部屋に現れるものだから、心の底から驚いた。

そんなふうに、レオナルドという可愛い甥が時たまあたしの相手をしてくれるようになったものの、たまに会う実の息子であるギルフォードには嫌われる一方だった。意気消沈しながらも、なるべくギルフォードの邪魔をしないよう気を付ける日々。

そんな折、この城に新しい侍女が入ってくると耳にした。

ラプサという新人の侍女を一目見てあたしはすぐに気付いた。この女は妹と同類の人間だと。

ギルフォードのそばにいさせるのは危険だと、ラプサがあたしの下へ来るよう配属を変更させた。

にもかかわらず、ギルフォードの運命の伴侶が見つかったと聞いた翌日、ラプサは異動になった。

「どういうことだ」

「なに、皇妃陛下のお気に入りであるという彼女なら、フーリン嬢を任せられそうだと思いまして」

城内の最終的な人事権を握る目の前の男は、底の読めない目をしながら語る。

ぶさけるなと思った。ギルフォードのみならず、息子の伴侶まで危険な目に遭わせてしまうかもしれないというのに。それを分かっていてこの男はこんな言葉を吐くのだ。

「自分のお気に入りを運命の伴侶に仕えさせるのは嫌ですか？」

「其方は、我が、運命の伴侶というものを嫌っていると思っているのか？」

「違うのですか？」

「まさか、むしろその逆さ」

「……へえ。なら話は早いですね」

男は仮面を貼りつけたような笑顔で一歩、あたしに近付く。

「協力をね、していただきたいんですよ」

あたしごときに目の前の男の言葉を拒否できる力はなく、黙ってその申し出を受け入れるしかなかった。

＊

フーリン・トゥニーチェの第一印象は、アデラインと似ている、だった。

周りに流されがちな、我のない女の子。

弱かった姉と同じであるならば、彼女もいつかはギルフォードを置いていってしまうのではという不安が頭を過った。

＊

「すまなかったな、フーリン嬢。其方を無闇に怖がらせてしまった」

「い、いえ」

死の危険に遭ったのは他ならぬあたしのせいなのだからもっと怒ってもいいと思うのに、それどころかフーリンは安堵《あんど》したように頬を緩める。

「皇妃陛下のことを、それとレオのことも知ることができてよかったです」

「知ってもなお、我に笑いかけられるのか」

あたしの問いかけに彼女は物怖じせず、力強く頷《うなず》く。

「ずっと、思っていたんです。皇妃陛下は、実はギルフォード様のことを嫌ってないんじゃないか、って」

「……なぜ？」

「私の知っているひだまりみたいな人と、よく似ていると思ったからです」

「ひだまり……？」

「皇妃陛下がギルフォード様に向ける瞳は慈愛に満ち溢《あふ》れていました。それは私の母がよくしていたものと同じなんです」

ああ、そうか、とあたしは悟らざるを得なかった。

「子どもを嫌いな母親ってそんなにいないと思います。ましてや、話を聞いた後では確信せざるをえません」

視界の隅でギルフォードが驚いたようにあたしを見る。

「だから、少し怖かったですけど、なにか理由があっての言動なんだろうなと思っていたので、私は気にしてません」

「それでも、其方を利用したことに変わりはない」

「いいんです。皇妃陛下のおかげで、私はギルフォード様の横に立つ覚悟を持つことができましたから」

あたしはなんという勘違いをしていたのだろうか。ずっと姉と同じ弱い人間だと思い込んでいたのが恥ずかしい。

フーリン・トゥニーチェはアデラインとは比べものにならないくらい、強い人間だった。

「し、しかし、ギルフォードは我のことを嫌っているし、許されるはずが」

「――嫌っていません」

「え？」

「嫌うわけ、ないじゃないですか」

いつもの能面のような顔が少しだけ歪《ゆが》み、今度はあたしが驚く番だった。

彼女のことだけでなく、実の息子のことですら認識が間違っていたとは夢にも思わず、戸惑いに言葉を失う。

「君たちはもう少し言葉を交わすべきだと思うよ。義息としても兄としてもね」

エルズワースの言葉になにかが吹っ切れたあたしは、肩の力を抜いてギルフォードのほうへ体を向ける。

「ギルフォード」

「はい」

「いつか、落ち着いた時にでも我……いや、あたしと話をしてくれたら嬉しいわ」

「……はい」

名前のつけ難い複雑な表情をする息子に、あたしはつい笑みが漏れる。

この子はこんなにも表情が豊かな子だっただろうか。人を人とも思わないような顔をしていたはずなのに。

と、そこであたしはようやく気付いた。

息子の隣にいる彼女、フーリン・トゥニーチェが息子を変えたのだということに。

「まだ、言ってなかったわね。おめでとう、ギルフォード。素敵な伴侶を見つけたのね」

「…………ありがとうございます。母上」

その日、あたしは、生まれて初めて息子の笑顔を見た。

＊

夜空を眺めていると、人の訪れを知らせる音が耳に届いた。

来訪者はなんとなく来るだろうと思っていたまさにその人で、あたしは目を細める。

「陛下、あたし気付いたんです」

「うん」

「恨み続けても、嘆き続けても、世界はなにも変わらないと」

「……うん」

頬に温かいものが伝う。

何十年ぶりともなるそれに気付いた時、もう笑顔を保つことはできなくなっていた。

近くのテーブルに綺麗に折りたたんでおいたハンカチを手に取り、震える口元を覆う。

「ここで謝るのは筋違いだということは分かっている」

「……」

「だから、代わりにこの言葉を言わせておくれ」

ハンカチに施されたミモザの刺繍《ししゅう》から目を離し、陛下を見つめる。

「ありがとう、ナージュ」

「……ッ！」

「もう、幸せになろう」

あたしは返事をする代わりに、震える体で陛下に抱きつき、小さく頷《うなず》いた。

◇二十八話　皇太子の思惑

窓枠に手をつき夜空を見上げている兄上の背を睨《にら》みつける。

「どういうつもりですか」

「えー、なんの話？」

「今回の一連の流れ、母上が行ったように思わせていましたが、――全ては兄上が仕組んだことでしょう」

月の光を浴びていた兄上がゆっくりとこちらを振り向いたことで、顔に影がかかる。

「だから？」

悪びれる様子もない男の姿に、俺は顔を顰《しか》めた。

『くれぐれも貴方様のそばにいる腹黒の主にはお気を付けくださいませ』

ウルリヒの言っていた言葉を頭の中で反芻する。

普段兄上は摑みどころのない言動で仕事ができない印象を人に与えているが、その実、歴代皇族の中でも群を抜いて頭の切れる、いわゆる天才だった。

なにかを企んでいるとは思っていたが、皇族にとって運命の伴侶がどれだけ重要かを知る兄上が、まさかフーリンを利用するとは考えもしなかったのだ。

「兄上がどうされようと勝手ですが、フーリンに関してだけは俺の許容範囲を超えています」

「うーん、それについては悪かったと思っているよ」

「まさかとは思いますが、義姉上すらも利用したとは言いませんよね」

「エイダに関しては完全に想定外だったよ。もちろんフーリンちゃんだって危険な目に遭わせるつもりは一切なかったんだけど……、僕もまだまだだということかな」

窓際から移動してソファに腰掛けた兄上は、机上に置かれていたクッキーを一枚摘《つま》み眺めた。

「フーリンを利用してまでなにを成し遂げたかったのか説明してください」

ある程度の予想はついていたが、真偽を確かめるためにも改めて説明してもらう必要があった。

俺の問いかけに、兄上はクッキーを口に放り込んでしばらく黙り込み、観念したように大袈裟《おおげさ》に肩を竦《すく》めた。

「今回の目的は、僕の即位前に『掃除』をすることだった。少し前のレストアのように、ウルリヒにイルジュアも綺麗にしてもらいたかったんだよね」

「そんなこと、兄上なら別の方法でもできたでしょう」

「僕が動くよりウルリヒを頼ったほうが成果は確実でしょ。だって彼は皇族でも貴族でもない、ただの平民なんだから。――僕が望むものは根本的な変革、それだけさ」

淡々と語る兄上の瞳はまさしく統治者のそれだ。

「フーリンちゃんが窮地《きゅうち》に追い込まれればウルリヒは必ず動く。その中で面倒臭い連中を片付けてくれると踏んだんだ」

「随分と大きな賭けに出ましたね」

「ハイリスクハイリターンだよ、ギル。まあ、ウルリヒも早々に僕の計画に勘づいていたみたいだけどね」

どこまで計算していたのか、兄上の豪傑さには頭が痛くなる。

兄上がよく言う、「投資なくしてリターンなし」精神がまさかこんな形で発揮されるとは思いもしなかった。

「ウルリヒにはイルジュアにいてほしいのでは？」

「そりゃあもちろん」

今やトゥニーチェの権威は皇族にも勝るとも言われている。

皇族の存在意義を脅かされないようにするためにも、イルジュアを財政難に陥《おちい》れさせないためにも、そして、ウルリヒを手放すことで他国に付け入られないためにも、トゥニーチェはこの国にとってなくてはならない存在だ。

にもかかわらず、奴が大事にする一人娘を危険な目に遭わせれば、兄上自身どんな目に遭うかも分からない上に、トゥニーチェがイルジュアを出て行く可能性だって考えられたはずだ。

「今回兄上が行ったことは逆効果、いや、……まさか」

「ご明察。ウルリヒがイルジュアを出て行くことはないと確信していたよ。――ギル、君がいたからね」

「別に俺はフーリンがいれば国を捨てることに一ミリの迷いもないですが」

「うわ、恐ろしいこと言わないでよ。まあそれはそうだと思うけど、フーリンちゃんの性格上絶対気に病むし、普通に考えれば無理でしょ」

フーリンがいれば、彼女を溺愛するウルリヒはほぼ確実にこの地を生活拠点にする。

この確実とは言いきれない推測を前提として動くものだから、本当にこの兄はたちが悪い。国のためなら全てを利用することを厭《いと》わないところもまたそうだった。

「心の底からフーリンちゃんが君の伴侶でよかったと思ってるよ。これこそまさに『運命』だよね」

「勝手に兄上の運命にしないでください」

これは失礼、と詫びの意味を込めてか俺に一つ菓子を手渡してくる。

それを俺は手を払って拒否した。

「フーリンちゃんが自らギルの下へ来なかったのも全てはウルリヒの思惑でしょ？　よく考えたら当然のことだったよ。彼女自身は平凡だけど、その気になれば世界を変えてしまえる人脈を持っているんだから」

「……」

「にもかかわらずフーリンちゃんを城に連れて来たギルは本当すごいや」

フーリンがなぜすぐに俺に会いに来なかったのかについての真実は、結局のところ兄上には話していない。彼女が頑張って話してくれたその勇気を無下にしたくなかったし、なにより二人だけの秘密にしておきたかったからだ。

だから俺は兄上の勘違いをあえて訂正はしなかった。

「世界を変える人脈の筆頭はウルリヒなわけだけど、まさかノアとも繋《つな》がりがあったとはなあ」

「……気付いていたんですか」

「気付いたっていうか強制的に気付かされたよ。ノアの殺意ってあんなに恐ろしいものなんだね。久しぶりに鳥肌が立った」

「兄上が殺されても俺は驚きません」

「その時はギルに玉座が回ってくるね」

「面倒臭いので遠慮します。頑張って生き返ってください」

軽口を叩けば兄上はおかしそうに肩を震わせた後、ああそうだ、と少しだけ纏《まと》う空気を変え微笑んだ。

「実は今回僕にはもう一つの目的があってね」

「は？」

「これを機にギルフォードと皇妃の拗《こじ》れた関係も直そうと思ってたんだ」

「……は？」

「やだなあ、そんな怖い顔しないでよ。だって君たちお互いのこと気にしているくせに全く歩み寄ろうとしないから。見かねて、ね。その結果、レオが僕たちの従兄弟《いとこ》だと判明するだなんて夢にも思わなかったけど」

余計なお世話。この一言に尽きるが、うまく収まった部分もあるため反論するのはやめた。

「……兄上の考えはよく分かりました。母上との仲を取り持ってくれたことには感謝します。おかげでフーリンもより安心して城で暮らせることになるでしょう」

「それならよかったよ」

「以上で兄上の話は終わりですか」

「まあ、そうだね」

全てが終わったかのように、いつもの緩みきった笑みを口元に浮かべた兄上に、ゆらりと一歩近付く。

「最後に俺からいいですか」

「ん、なに——ぅッ!!」

突如襲った衝撃で床に崩れ落ちた兄上は、左頬を押さえながら呆然《ぼうぜん》と俺を見上げた。

なにが起きたのかさすがの兄上でも理解できないのか、瞳を揺らしている。

「ギ、ギルフォードくん……？」

「フーリンを傷つけたこと、万死に値する」

握りしめた右の拳《こぶし》にギリッと力が入る。

今回の件において兄上がいくらそれらしい理由を述べようとも、フーリンが被害に遭ったことはまぎれもない事実。

自分の大切な大切な宝物を傷つけられて腹が立たない者などいるはずがないだろう。

「ま、待って、ね、ちょっと落ち着こう？　それに関しては本当にごめんって。さすがに顔は……!!」

かまえた拳を兄上の顔面スレスレで止めると、兄上が恐る恐る目を開いて怯えたように俺を見上げた。

「今回の件において、一つだけ兄上に感謝していることがあります」

「え、なに？」

「フーリンは『俺が』選んだ伴侶だと気付かせてくれたことにな」

俺が浮かべた笑みを見た兄上は、頬を引き攣《つ》らせた。

そしてゆっくりと後退りする兄上を逃がさないように胸倉を摑み、改めて拳を構え直す。

「感謝してるなら止めてくれてもよくない⁉」

「問答無用。剣じゃないだけマシだと思え」

「あっちょ、まって、おねが、――!!」

その日の夜、城内に自身の伴侶に助けを求める皇太子の情けない声が響き渡ったという。

◇二十九話　愛し子の血筋

見晴らしのいい丘で腰を落ち着けていると、背後から何者かが忍び寄る気配を感じた。気配を隠そうともしない来訪者に顔を顰《しか》める。

「んだよ」

「んー？　おばちゃん優しいから、失恋した少年を慰めてあげようと思ってさ」

「世界一余計なお世話だな。大体もう少年じゃねえっつーの」

俺の隣に腰掛けたノアの顔を覆い隠す大きなフードを魔法で取ると、随分と楽しそうな子どもの顔があった。両サイドで結ばれたしっぽのような髪がひょこひょこと生き物のように揺れる。

「似てんな」

「そりゃ同一人物ですし？」

「ババア、お前人間か？」

「えー、そこ興味持っちゃう？　ついに少年もエテルノ様に興味持っちゃう⁇」

「やっぱいい」

「えーん、そこは聞いてよお！　お願いだからー！」

「分かったから手を離せ！」

うぜえ、と突っぱねればエテルノは分かりやすく頬を膨らました。

「レオはさ、イルジュア帝国における神話を知ってる？」

「愛し子がなんたらってやつか」

「そうそう、それなんだけどさー」

「……自分がその愛し子です、とか言うんじゃねえだろうな」

コイツがそう言ったとしても今さら驚くようなことではないが、少しだけ面倒臭そうな話だと察知し顔を顰《しか》める。

「違うんだなー、それが。愛し子はねえ――」

そう続けようとした時のことだった。

「ノア」

一人の男がエテルノの小さな体を後ろから抱きしめていた。

気配もなく突然現れた人物に、俺は僅かに目を見開く。

「もー、びっくりするからいきなり現れるのやめてって言ってるでしょ」

「そう言うわりにいつも平然としていると思うけど」

呑気に言葉を交わす二人を睨《にら》みつけると、男は俺に視線を移し、見知った笑みを浮かべた。

「やあ、レオくん。久しぶりだね」

「……クソ親父、あんたがまさか」

「そうだよ、――僕こそがイルジュアに伝わる伝説の『愛し子』だ」

この親父も昔からどこか摑めない人間だとは思っていたが、まさか人間ですらなかったとは。

「このエテルノ様が説明してやろう！　まずイルジュアに伝わる女神の神話についてなんだけど、あれはほとんど嘘だから！」

「……は？」

「まあ愛し子が女だったっていうのは合ってるんだよね。魔法で性別や容貌を変えられるから、この人。それ以外のストーリーはどうしてそうなった？　ってものばかりなんだけどね」

将来を共にする伴侶を見つけることができない愛し子を哀れに思って女神が『運命』を選んだと言われているが、実際には、愛し子が『運命』にしたいと思った人間に、女神が花紋を刻んだのだという。同じ紋があるのだから、自分たちは『運命』に違いないのだと思わせるために。

「それって、無理やりってことだよな」

「そうなんですよ！　コイツは私が気に入ったからって女神を使ってまで手籠めにしようとしてきたんですよ！」

「無理やりだなんて人聞きの悪いことを言わないでほしいなあ。私はただ一途《いちず》に想いを伝え続けただけだよ」

愛し子は伴侶を愛して、愛して、愛し続けた。それこそ伴侶が死ぬその時まで。

女神に愛された愛し子はいつしか死ねない体になっていたらしく、病気をすることも、怪我をすることもできなくなっていた。

だから愛し子は死に行く伴侶をただ見送ることしかできなかったのだという。

「別に嫌いじゃなかったけど愛の重さに辟易《へきえき》してたから、ようやくコレから解放されるー！　って喜んで死のうと思ったの。でもさコイツ死ぬ直前の私に向かってなんて言ったと思う？『生きてくれ』だって！　どんな呪いだよって、死ぬ前に絶望したね」

「……でも死んだんだろ？」

「死んだよ。死んだけど記憶は『生きてる』の。この人今で言う大魔導師以上の魔力があった、じゃなくてあるから、そういう不可能を可能にしちゃったんだろうね」

エグい、その一言しか出なかった。

「昔の記憶を持ったまま、生まれ変わるたびに私の性別に合わせて、魔法で姿形を変えたこれに付き纏《まと》われ続けてるの。現在進行形で」

「……クソ親父、お前マジでやべえな」

顔を引き攣《つ》らせながら親父を見れば、罪悪感など微塵《みじん》もない顔で首を傾げる。

「うーん、でもノアも私を愛してくれているし、問題はないと思うけどなあ」

「そりゃこんだけそばにいればいやでも受け入れるしかないでしょ！」

この二人を親に持つフーリンも、俺が知らないだけで実はやべえ奴なんじゃないかと嫌な予感がしてきた。

「あんたらフーリンのことはどう思ってんの」

「もちろん愛してるよ！」

「私たちの宝物だよ」

どうやらフーリンは一番初めの時代以来の子どもらしく、目に入れても痛くないほどに愛しているそうだ。

「もともと私の魂の資質が短命になるものらしくてさ、一回一回の人生あまり長く生きられないんだよね。多分子どもができなかったのはそのせいもある」

「だからエテルノの時も」

「そうなの。フーちゃんって私たちの間に生まれた子どもとは思えないくらい、いい意味で普通な感じを出してるでしょ？　だからもう死ぬ前から心配で心配でしかたなくてさ、こうして生まれ変わった後も見守ってるってわけ」

自分の子の成長を見守り、必要な時にはそっと力を貸す。

それはエテルノだけが行っていることではなく、当然父であるこの親父もそうだった。

「フーリンはクソ親父がいるからまだよかったたな」

自分の境遇とつい比べてしまい、口から本心がこぼれ落ちる。

しかしエテルノは肩を竦《すく》めて首を横に振った。

「それがこのおバカさん、私が死んだことに動揺して後を追おうとしてるところをフーリンに見られちゃったんだよね。そのせいで愛娘から百パーセントの信頼を置かれてないの！　ほんと笑っちゃう！」

「……あれに関しては弁解のしようもない。我に返った瞬間を見られてしまったんだ」

「あんた死ねないもんな。てか何回もエテルノが死んでるところ見てんだろ？　なんで動揺すんだよ」

「愛する者の死なんて、何回立ち会っても慣れるわけがないだろう」

珍しく怒りの表情を見せたと思ったら、クソ親父はエテルノの肩に顔を埋めてしまった。

知り合いのいい大人が子どもに甘えているように見え、鳥肌が立つ。

「……まあ、これが厄介なものに好かれてしまった人間の末路です」

「まとめんな。——いや、待て、このクソ親父の血を今の皇族が引いているということは」

「あは、気付いちゃった？」

エテルノはクソ親父の頭を撫でながら、俺を見据《みす》える。

フーリンと同じ瞳の色だと思った瞬間、体に動揺が走った。

「今の皇族はね、無意識のうちに絶対に自分が気に入るであろう相手を選んでるの。それを女神の力で『運命』にさせてるんだよ」

「会ってもいないのになにが分かる」

「それはもう皇族特有の能力……一種の予知能力みたいなものだね。伴侶を誰のものにもしたくないっていう、愛し子《これ》の力が働いてるみたい」

いつの間にか頭を起こしていた親父が楽しそうに俺を見つめ、目を細めた。

「イルジュアの皇族は一般人と比べて執着心が並外れて強いからね。第二皇子はまだ理性が残ってるみたいだけど、そろそろ本気を見せてくるんじゃないかな」

「監禁か!?」

「やだな、そんな伴侶が嫌がるような真似はしないよ。じっくりと自分なしじゃ生きれないようにしていくだけさ」

「はあ!? 俺はともかく、あんたらはそれでいいのかよ！ 一応親なんだろ!!」

二人を睨《にら》みつけると、人外と言っても過言ではない二人は困ったような笑みを浮かべた。

「でもね、レオくん。思い出してごらん」

「なにを」

「愛し子の血を継いでいるのはなにも皇族だけじゃない」

親父の笑みが深くなった瞬間、俺は言葉を失った。

「――フーリンだってそうだよね」

どうやら先ほどの嫌な予感はあながち間違ってはいなかったらしい。

◇三十話　もう十分だ！！

ここはイルジュア。

皇城の庭園にあるガゼボにて、私は俯《うつむ》いていた。

「……」

「で、なにか申し開きは？」

「……ありません」

はあああ、と大きな溜息を吐く目の前の人の反応にビクッと肩が揺れる。

「僕はお前を友達だと思っていた。いや、今でも思っている」

「……」

ものすごーくデジャヴを感じるけれど、今は余計なことを言わないのが賢明に違いなかった。

「なにかあれば僕に言えと言っただろう……ッ」

震えた声に驚いて顔を上げると、目を吊り上げながら涙をこぼすラディの姿があった。

なんて器用なんだと思わず感心しそうになったけれど、そうじゃないと慌てて立ち上がってハンカチを差し出す。

それを大人しく受け取ったラディは目元を押さえながら私をキッと睨《にら》んだ。

「今度という今度は許さないからな」

「で、でも」

「でもじゃない！　僕がどれだけ！　どれだけッ‼　……心配したと思ってるんだ……」

ラディが怒っている原因は私が窮地《きゅうち》に陥《おちい》った時にラディを頼らなかったことらしく、いつになく本気で叱られ、なにも言い返せない私はぺしょりと眉尻を垂らす。

「でも、……フーリンが無事でよかった」

優しい声が私の涙腺を刺激するものだから、両手で顔を覆う。

ここで泣くのは卑怯だと分かっているのに、涙は止まりそうになかった。

「心配かけて、ッ、ごめんなさいいいい」

こうして忙しい中急いで隣国から駆けつけてくれたのだ。ラディが私を心配する気持ちが痛いほど伝わってきた。

こうして二人して泣くものだから、近くに控えていた侍従の間に動揺が走っていたけれど、それでもなにかを察してか近付いてくることはなかった。

「……ラディ」

「グスッ、なんだ」

「心配してくれて、ありがとうございます。私、ラディと出会えて、本当に、本当に、幸せです」

初めて会ったあの日から今日までのラディとの思い出がふいに蘇《よみがえ》ってきて、私はせっかく止まりそうだった涙が再び溢《あふ》れてくるのを感じた。

「僕だってそうに決まってるだろ！」

なぜ逆ギレ口調で返されたのかは今は置いておいて、私はゆっくりと深呼吸をして、滲《にじ》む視界に映る金髪王子に向かってニッと口角を上げる。

涙と鼻水塗れになった笑顔は、きっと見るに堪《た》えないものだろうけれど、今さらこの人の前で取り繕う必要はなかった。

「私はきっとこれからも幸せです。……ギルフォード様のそばに、いることができるから」

「……」

「あ、マウントは取ってないです」

「分かってるよ！　お前は空気が読めないのか!?」

「いやあ、それをラディに言われたくは……」

「なんだと！」

「なんでもないです！」

やっぱりラディ相手だと格好がつかない。

でもそれでよかった。

心を許せる友達ができるなんて考えたこともなかった、あの頃の私に言ってあげたい。

「私は自分の意思でギルフォード様のそばにいることを決めました。だから」

心配しないで、と。

「……お前も成長したな」

「なんですか、それ。私の親じゃないんですから」

ラディの言い草が面白くてクスクスと笑えば、ラディもつられたように表情を緩めた次の瞬間。

「ほんとだよ、フーリンのおやはちゃんといるもんねー？」

空席だったはずの左隣から突然声が聞こえ、ラディが驚きに目を瞠った。

「の、ノア？」

「やあ、おーじ。ひさしぶりだね、げんきしてた？」

「ま、まあ、変わりはないよ」

普通に会話を始めないでほしい。

周りに護衛や侍従がいるというのに、なぜ誰も反応しないのだろうか。

「もちろん、まほーですがたをかくしてるよ！」

「そ、そっか」

「ノアはなにしに来たんだ？」

「うふふー、フーリンにうんめーのはんりょについておしえてあげようとおもって」

「……どうして？」

「まだかんちがいしてるみたいだからさ」

「勘違い？」

「フーリン、こーぞくのうんめいのはんりょは、めがみがえらぶとおもってるでしょー」

「え、そうなんじゃないの？」

「ちがうちがう！　むしろまったくのぎゃく！」

ノア曰《いわ》く、皇族は自分が気にいる相手を無意識のうちに選び、女神に花紋を付けさせている。

言い換えれば女神が皇族を支配下に置いているのではなく、皇族が女神を利用しているのだと。

いろいろ気になるところはあるけれど、つまりは。

「……ギルフォード様は本当に私のことが好き？」

「そゆことー！」

肯定《こうてい》されたのに正直、全く信じることができない。

「なんだ、フーリンは聖様《ひじりさま》に好かれてないと思っていたのか？」

「いいえ、好かれてないというか、ギルフォード様は強制的に私を好きになっていると思っていて……」

「馬鹿野郎」

「へ」

「どう見ても聖様は心の底からお前のことが好きだろう!!」

「え、え、え」

「あの態度！　あの目！　あの口調！　どこからどう見ても強制されてなんかない!!」

第三者に断言されたことで、しかも聖様をよく知るラディに断言されたことで、ボッと顔が熱くなる。

「ほ、本当に？」

「本当の本当の本当に!!　……って、なぜ僕がこんなことを言わないといけないんだ。こういうことこそ本人に聞くべきだろう」

「う、それは、やっぱり怖くて……」

肩を落とした私の扱いに戸惑ったラディがおろおろし始めた時だった。

「おや、これは珍しいお客さんだね」

私たちの下にやって来た黒髪の男性は、もう一つ空いていた席に座る。

「あ、貴方様は」

「こんにちは、フーさん、ラドニークくん、そしてノア」

楽しそうに肩を揺らすのはディーさん、改め、イルジュア帝国第十三代皇帝クラウディオ様だった。

イルジュアのあらゆる平民、貴族、皇族の上に立つ存在が突然現れたものだから、ラディは硬直してしまった。

「歓談中お邪魔してすまないね」

「い、いえ」

「久しぶりだね、ラドニークくん」

「っ、久しくご無沙汰を重ね、申し訳ありません」

「君の活躍は聞いてるよ」

「大変恐れ入ります」

ラディの王子様フェイスと、ディーさんの皇帝然とした表情を呆然《ぼうぜん》と見比べていると、ディーさんが私と視線を合わせてきた。

なにかを言わなければと焦った私は、カラカラになった口を無理やり開く。

「わ、私を地下牢から出してくださったのは、陛下、で合っていますか？」

「そうだよ。君が捕縛されたと聞いた時は心臓が飛び出るかと思ったねえ」

「その節は本当にありがとうございました。陛下のご温情に心から感謝しております」

頭を深く下げたにもかかわらず、なぜか皇帝陛下は悲しそうに眉尻を垂らして私を見ていた。

「私としてはいつもの通りに話してくれたら嬉しいんだけどなあ。フーさんだって、前から気付いていたでしょ」

「……ですが」

「フーさんは私の友人だから、その理由だけではダメかな？」

私を友人と呼ぶ皇帝陛下、否、ディーさんに、目を瞬かせる。

「これからも私とお話ししてくださいますか……？」

「むしろこちらからお願いしたいところだよ。あと、皇妃ともぜひ仲良くしてくれたら嬉しい」

「もちろんです！」

「そのネックレスは皇妃から貰ったものでしょう？　よかったら大事にしてあげてね」

首元に輝く立派なネックレスにディーさんの視線が行き、私は壊さないようそっとそれに触れる。

「……あの、知りたくはないんですが、聞いてもいいですか」

「うん」

「これ、――国宝とか言わないですよね？」

「はっはっはっ」

「ディーさん⁉」

「それはもうフーさんのものなのだから国宝がどうとか気にする必要はないんだよ」

いやそれもう答え。

とんでもないものを身につけている事実に生気が抜けそうになる私を見てなにを思ったのか、ラディが急に立ち上がり、

「お言葉ですがクラウディオ様、フーリンの一番の友人は僕ですので！」

「ラディ⁉」

「おやおや、これは釘を刺されてしまったね」

どこに釘を刺す要素があったのか全く理解ができないけれど、ラディがとても失礼なことを言ったのは分かる。

「ダメですよ、ラディ」

「いいんだよ、フーさん。さすがに今すぐ一番になれないことは分かってるからね。ゆっくりいくさ」

「譲りません」

「ノアのこともわすれちゃこまるな〜」

「ノアだろうがクラウディオ様だろうが僕は負けない」

「ははは、望むところだよ」

なにがどうしてこうなった。

表面上は穏やかではあるものの、私を除いた人間の間で睨《にら》み合いが勃発し、私は思わず目を回す。

「もうっ、いい加減にしてください！」

なかなか終わらない対立に、とうとう我慢ができなくなった私は声を張り上げた。

すると三人は一時停戦と言わんばかりに席に座り直す。

「ま、おーじだけじゃなくこーていもフーリンのことみててくれるならあんしんかなー。たのんだよー？　こうていくん」

「言われずとも」

ノアはディーさんの返事に満足したのか、椅子から飛び降りこの場から去ろうとした。

その時、ラディがノアを呼び止めた。

「どしたのー？」

「僕から君に依頼がある。君は情報屋としての仕事だけじゃなく、それ以外のこともしてくれるんだろう？」

「まーそうだけどさー。おーじからのいらい？　なにかなー？」

ラディがノアを呼び止めてまで依頼するなんてよっぽどのことなのだろう。

私もドキドキとして、耳をすませた結果。

「ぎっ、ギルフォード様のサインを貰ってきてくれないか……!?」

私は椅子から崩れ落ち、ディーさんは苦笑した。

こうして告げられたラディの切実な願いは、

「……フーリンにたのんだらいいとおもうよ」

珍しくノアによって拒否されていた。

＊

「フーリン」

「殿下？」

湯浴みを終え、いつものように自室へ戻ろうとした私の下へギルフォード様がやって来た。

腰に手を回され、促されるままに廊下を歩き、着いた先は。

「俺の部屋だ」

やっぱり！

薄々嫌な予感はしていたけれど、まさかギルフォード様の部屋に連れて来られるなんて。

心の準備など微塵《みじん》もしていなかった私は動揺してギルフォード様の服の袖を軽く引っ張る。

「あ、あの。自分の部屋に帰っちゃダメでしょうか？」

「……帰るのか？」

「うっ」

心の底から悲しそうな顔をしてくるものだから、なにも悪いことはしてないはずなのに、罪悪感が刺激される。

仕方なく部屋に足を踏み入れたはいいものの、途端《とたん》にギルフォード様の腕の中に囚《とら》われる。

「で、殿下」

「ようやくフーリンが俺の伴侶だと、正真正銘の伴侶だと公言できる日が来た」

ジッと私の顔を見て目を細めたギルフォード様は、そのまま顔をゆっくり近付けてきて――。

「こ、ここういうことをするのは、ま、まだ早いと思います!!」

私の全身全霊の叫びに固まったギルフォード様は、大きな溜息を吐いてこう言った。

「今さらじゃないか？　もう二回はしている」

「うっ、それは……治療と言いますか」

「じゃあ、これからするのが初めてだな」

「そういうことじゃなくてですね！」

「想いが通じているのだからもうなにも問題はないだろう？」

それが問題ありまくりなんです。

ギルフォード様が私のことを本当に好きなのならば、今までの彼の言動全て、本心からのものだということで。その事実に気付いた私は、かつての言動を思い出しては羞恥に悶《もだ》え、恥ずかしすぎて今目の前にいる御方《おかた》を直視することができないのだ。ましてやキスなんてしたら私の心臓は間違いなく止まる。

どうやってこの場から逃げようかと考えていたその時、ギルフォード様の目が鋭くなった。

「やっほ～。どうもおじゃまむしでーす」

「ノア！　どうしたの？」

突然部屋に現れた存在に驚いたのか、ギルフォード様が私を腕から解放する。

「さっきいいわすれたことがあったのおもいだしたのー！」

「言い忘れたこと？」

「そー！　だからうるさいおーじはちょっとだまっててね～」

「なにか余計なことをすれば」

「わかってるってー！」

「……それで、なにを忘れてたの？」

「あのときのおだい、まだもらってなかったとおもってさ～」

あの時、とはいつだ。

急いで頭の中のバケツをひっくり返して記憶を漁ってみると、

『ノア、私はローズを助けたい。だから無事にローズを魔物から救える方法を知っていたら教えてほしい。対価として私にできることならなんでもするから……っ！』

『なんでも？』

『なんでも』

確かに思い当たる節があった。

「な、なにが望みなの？」

ノアはクスリと笑って怯える私の頭を撫で、耳元で囁いた。

「ちゃんと幸せになること、それが私の望みだよ」

「――――え？」

聞き慣れない、……違う、聞き覚えのある大人びた声が、私の思考を一時停止させる。

ノアはバルコニーに立つと、ローブを風に靡《なび》かせた。

「じゃあね、フーちゃん」

決定的な証拠である私の愛称を呼んだその人は、ふっと笑って姿を消した。

追いかけることもできず、呆然《ぼうぜん》と窓の外を眺めていると心配そうにギルフォード様が私の顔を覗き込んできた。

「フーリン」

いつの間にか頬に涙が伝っていた。

「だいじょ、ぶ、です。ただ嬉しくて……っ」

ずっとそばにいてくれた。ずっと見守られていた。生まれ変わってもなお、ずっと私を愛してくれていた。

「そうか」

そう言って再び私を抱きしめようとしたギルフォード様は、そこで私がなにかを持っていることに気付いた。

私でさえいつ手にしていたのか分からなかったそれを、私の手から抜き取り確認した瞬間、ギルフォード様の目が見開かれていく。

「これ、は……」

「それは、——!?」

なぜ！ どうして！ これがここにあるの!?

「いやっ、これはっ」

「……」

「み、見ないでくださいいい！」

『それ』を凝視した後、ギルフォード様はボソリと呟いた。

「…………可愛い」

『それ』は——まごうことなき私のデブ時代の姿絵で。

そんなものをギルフォード様に見られていると思うと、恥ずかしくて顔から火が出そうになる。当然涙なんて一瞬にして引っ込んでしまった。

「もしかして」

「〜〜っ!!　そうですよっ、ちょっと前の私ですよ!!」

あの悪戯《いたずら》っ子、いや、悪戯が大好きだったお母様に向かって私は心の中で叫ぶ。

次会ったら覚えていろ！　と。

認めざるを得ない状況にやけくそになって叫ぶと、ギルフォード様は口を覆って崩れ落ちてしまった。

「えっと、あの？」

「……ぜ」

「え？」

「なぜ！　俺は直で見ることができなかったんだ!!」

「え!?」

「悔しすぎる。今の今までこんなにも可愛いフーリンを俺は知らなかったというのか……ッ」

そして壊れたように可愛い可愛いと何度も連呼し始めるものだから、羞恥心に耐えきれなくなった私はギルフォード様から奪い返すために額縁《がくぶち》を握る、が。

「返してください！」

「嫌だ」

「なっ、ダメなものはダメです！」

「俺の宝にする」

「絶対ダメ〜っ!!」

「っ、フーリン、待て」

「えっ……あっ⁉」

姿絵を取り返そうとすることだけに意識が集中していたせいかギルフォード様のほうへ体重を預《あず》けすぎてしまい、バランスを崩した私はそばにあったベッドに倒れ込む。

「びっ、くりした」

「大丈夫か？」

「あ、大丈夫……ッ！」

どうやら姿絵が私に当たらないように咄嗟《とっさ》に守ってくれたようだけれど、今、あまりにも顔が近い。

咄嗟に逃げようとした私の両手首を摑んだギルフォード様は、私に向けて最上級の微笑みを浮かべた。

「――愛してる」

この世の誰よりも、なによりも。

ギルフォード様の真剣な眼差しは私の肌を焦がし尽くしそうなほど熱く、息を呑む。

私はもう逃げられないことを悟った。

「まっ、まって」

それでもと、息も絶え絶えに最後の抵抗をした私が最後に見たのは、

「俺はもう十分待った。……だから、大人しく俺に囚《とら》われてくれ、我が伴侶」

私を貪り尽くそうとする、余裕のない男の人の顔。

書き下ろし
番外編

俺の花

「殿下！」

「名前」

「うっ、ぎ、ギル！」

「どうした？」

執務室にやって来た愛しい伴侶の言葉を間髪容れずに訂正する。それによって出鼻を挫《くじ》かれそうになったフーリンは、一瞬怯んだ様子を見せたもののすぐに気を取り直し俺の名前を呼んだ。

俺が休憩中であることを聞いたのだろうが、フーリンがここを訪れるのは珍しい。伴侶自ら会いに来てくれたことに気をよくした俺は、彼女の下へ行こうと椅子から立ち上がろうとした。

しかし。

「私は怒っています！」

この一言によって俺は一気に恐怖の底に叩き落とされ、足に力を入れることすらできなくなった。

ぷくりと赤く膨れた頬、眼力が増した瞳を見る限り、心の底からとは言わないにしても、言葉通りフーリンは怒っている。

その事実に俺は柄《がら》にもなく動揺した。フーリンに嫌われるなど冗談でもあってほしくない。

心臓が早鐘を打っている。俺がなにをしてしまったのか、フーリンの怒りの原因を早く見つけ出すことが今の俺に課された使命だった。

最近ところ構わずキスをしすぎてしまっていることだろうか。いや、なんだかんだ言いながら最終的にはフーリンも満更でもなくなるのでおそらく違う。では寝室でちょっとした悪戯をしてフーリンを困らせていることだろうか。いや、あれも……。あれは。いや。ではあれは。いや。

そうやって思いつくものを頭の中に並べてみても、どれも正解ではない気がする。

埒《らち》が明かないと見切りをつけた俺は、恐る恐るながら当人に直接聞くことにした。

「……俺、なにかしたか？」

「っ、しました」

「遠慮なく言ってくれ。直せるものならすぐ直す」

「じゃあ、――そこに飾ってある私の姿絵を今すぐ捨ててください！」

フーリンが指差したのは、俺の机の端に立てかけられた姿絵で、俺は咄嗟にそれを腕の中に抱き込んだ。

「嫌だ」

俺の宝にすると宣言した翌日からずっとここに飾られている、俺と出会う前のフーリンの姿絵。俺だけにしか見られないよう魔法をかけさせているため、他人にはなんの絵なのか分からない……はずなのに、なぜフーリンにバレた。

兄上か、書記官か、犯人に目星をつけながら子どものように拒否をすれば、フーリンの表情はみるみる悲しそうなものに変化した。

「直すって言ったのに……」

恨みがましい視線を送られ、思わず「うっ」と呻いてしまった。見るからに憂えてしまった伴侶を誰が無視できようか。

「………分かった、飾るのは控える」

「ありがとうございます！」

改めて捨てろと言われるのを防ぐために急いで姿絵をデスクの引き出しにしまうと、フーリンは嬉しそうに笑った。

安堵したのも束の間、やはり仕事中の癒しがないと困ると判断した俺は立ち上がり、「その代わり一つ頼みがある」と彼女の足元に跪く。首を傾げるフーリンに俺は表情筋を緩めた。

「過去の物を飾るのがダメなら現在《いま》のならいいだろう？」

＊

姿絵を飾ることをやめさせられた日から数日後、俺とフーリンは城に併設された温室の一角にいた。

支持体、キャンバス、下絵用品やパレットを侍従に準備させながら、俺は右手に手袋を着けた。

ここまでくればフーリンも俺がなにをするのか分かったのか、目を瞬かせた。

「ギル、は絵を描かれるんですか」

「ああ。とは言ってもここ数年は忙しくて描いていなかったがな」

へー！　と俺を見て目を輝かせるフーリンの姿は小動物のように愛らしく、自然と自分の目元も緩んだ。

視界に入る茶色の髪を掬い、くるくると指に絡める。それを自分の唇に持っていき目を細めてフーリンを見つめれば、彼女は慌てたように周囲に視線を走らせ始めた。なにをされるのか察したらしい。

侍従や護衛たちは気にしないとはいえ、フーリンは気になるのか俺のほうに集中しない。それが不服だった俺は逃げられないよう素早く腰に腕を回し、愛しい存在を己に引き寄せた。

「誰も見ていない」

「えっ、ガッツリ見て……っ！」

どうせ侍従たちがすぐに身を隠すことが分かっていた俺は、小さい顎を摑み、そのまま唇を重ねる。それから角度を変えて何度も彼女の唇を堪能していると、息苦しそうにし始めた彼女に胸を叩かれてしまった。

弱々しくも抵抗の意を見せられると、逆に離したくなくなってしまうことをフーリンはきっと理解していない。

「……も、だ、め」

「ダメ？」

「いじわる、しないで、ください」

潤んだ瞳で見上げられるのは非常にマズい。ソファーに押し倒そうと正直にも手が反応してしまった。しかしここに来た目的を果たせなくなる予感がしたので、なけなしの理性を総動員して欲を押し殺す。

なのに、俺の必死の努力など知るはずもないフーリンは、顔を真っ赤にしてくたりと俺の胸に頭を預《あず》けてきた。俺を信頼してくれているからこその行動だろうが、勘弁してほしい。今度こそ部屋に閉じ込めてしまいたくなる。

宙をさまよっていた両手をフーリンの肩に置き、ソファーに座らせることができた俺は褒められていいのではないだろうか。

自制の意味を込めて、ソファーの対面に用意された椅子に腰掛け、ここに来た本来の目的をフーリンに説明する。

「というわけで、フーリンを描かせてほしい」

「それはいいですが、私がモデルなんかでいいんですか……？」

「むしろフーリンじゃなきゃダメだ」

そう断言すると彼女は「そういうことであれば」の言葉と共に、恥ずかしそうに顔を赤らめはにかんだ。

我慢の二文字を頭の中で唱えながら顔を引き締めると、フーリンはそれに呼応するように背筋を伸ばす。

「リラックスしていてくれ。なんなら好きなことをしてくれてかまわない」

「え、いいんですか？」

「ああ、完成までにしばらく時間はかかるからな」

「そうなんですね。分かりました」

最初こそ俺に見られていることに緊張した様子を見せていたフーリンだったが、次第に慣れていったのか読書をしたり編み物をし始めた。

訪れた静寂は心地よく、集中するには最適の環境であったが、俺は時折思い出したように手を止めてしまっていた。理由など、彼女の一挙一動が尊く、無意識に魅入られてしまうからに他ならない。

物語の世界に引き込まれて喜怒哀楽を見せる様子も、慈愛の笑みを浮かべて物を作り上げる様子も、普段は見ることができない分、余計に愛しく感じてしまう。

——長い間恋焦《こ》がれた相手がそばにいる。それを実感してしまえば集中しろというほうが無理な話だ。

＊

「フーリン、今いいか」

「はい。あれ、めずらし……あ、もしかして！」

「ああ、完成した」

兄上と皇族としての誇りを取り戻し始めた父上に仕事を押しつけ、絵を仕上げるための時間を作ったことで、俺は彼女の言う通り珍しく昼間からフーリンに会うことができた。

「見せてもらえるんですか？」

「もちろん。絵がある場所に案内しよう」

「やった。ありがとうございます！」

「ただ、行く前にこれを」

麻紐で括《くく》られた紙を渡すと、フーリンは不思議そうに紙を眺めた。

「これは……？」

「昔の俺が描いたものだ。よかったら受け取ってくれ」

俺のすすめ通り麻紐を解き、フーリンは紙を広げると、幼い頃の自分が己の伴侶に渡そうと思って描いた花の絵が視界に映った。しかし次の瞬間、彼女の目から涙がこぼれ落ち、その事実に動揺しながらもすぐにフーリンの顔に手を伸ばす。

「どうした？　目になにか入ったか？　それとも体調が悪いか？」

「……すみません、大丈夫です。なんでもないです」

「なんでもないわけ」

焦る俺を宥めるようにフーリンは俺の腕を軽く叩いた。

「この絵から伝わってくる感情、というより激情って言ったほうが正しいですかね……それに泣かされちゃったんです」

一瞬、フーリンがなにを言っているのか理解できなかった。感情を知らなかった時に描いたものなのだから、激情なんてものが込められているはずもないのに。

「この花の絵、少し寂しそうな色合いで描かれていますよね。でも、今気付いたんですが、日の光が当たると全く違って見えます。ほら。直射日光を当てるのはよくないんでしょうが、……ふふ、花がとても嬉しそう」

フーリンの横顔を呆然と眺めていると、視線に気付いた彼女は涙の跡を拭い、ふわりと笑ってみせた。

その穏やかな笑みは、俺にある記憶を思い出させる一助となった。

＊

事件の首謀者が兄上であることを問い詰めるために自室で書類を整理していた時のことだった。引き出しから出てきたのは幼少期に描いた花の絵。フーリンを見つける前にも同じようなことがあったことを思い出しながらその絵を眺めていると、はたと動きが止まった。

筆を持った子どもの姿が脳裏に浮かんできたからだ。


表情の乏しい子どもは手を動かしていた。ただ無心に、無欲に。

それはかつての自分。それも情の欠片すら知らなかった頃の。

『氷の皇子』の名に相応しい言動をする子どもだったが、『おれのはんりょはどんな人だろう』と考えたその日、その瞬間、子どもは変わった。

その言葉は一滴の雫《しずく》となり、静まり返っていた心の水面に大きな波紋をもたらした。それがきっかけとなって、子どもの頭の中には焦燥と不安が生まれた。

子どもは描いた。黄系色の花を。淡い紫色の艶めく花瓶を。顔や手が汚れるのも厭わず、一心不乱に描き続けた。

『――ギルの伴侶にあげるつもりでこれを？』

描き上げた頃には絵を描いていた時に得た感情などすっかり忘れてしまっていたが、子どもはこの絵は自分の伴侶のために描いたということだけは覚えていた。


かつての自分を思い出した後、手元にある絵を再度見て、そこでようやく俺は気付いた。

運命の伴侶《フーリン》は女神が選んだんじゃない。――俺自身が選んだのだと。

＊

「ギル？」

「……ん、どうした」

時間にしてみればわずか数秒意識を飛ばしていた俺は、フーリンの呼びかけになにもなかった振りをして腰をかがめる。

「この絵にタイトルはあるんですか？」

題名は付けていない。つけていないが、名をつけるとするならば、きっとそれは。

「……『希望』」

口からこぼれ出たそれは、今この場で付けたにもかかわらず全く違和感がなかった。むしろああそうだったのかと納得すらしてしまう。

「希望……この絵にぴったりな題名ですね！　あ、あともう一つ。これなんて名前のお花ですか？私は見たことなくて……、実物も見てみたいです」

お城に咲いてるんですかねー、なんて興味深げな視線を窓の外にやるフーリンに気付かれないよう俺は口角を上げる。

ああ、もちろん知っている。かつての子どもが知らなかった花の名を、形を、匂いを、俺は確かに知っている。

「教えよう」

誰にも教えたくなかった花の存在を、他ならぬ彼女の頼みならば。

嬉しそうに微笑む伴侶の腰に手を回し、完成した絵が置かれている部屋へとエスコートする。

辿り着いた先で愛しい伴侶が笑って俺たちを待っていることだろう。『希望』の花に囲まれたキャンバスの中で。

あとがき

『まだ早い！！』二巻をお手に取っていただきありがとうございます。読者の皆さまと再びお会いできたこと、大変嬉しく思います。

今回はイルジュアの皇城にて、登場人物それぞれの思惑が一巻よりも激しく交錯し合う内容でした。ようやく邂逅できたというのに、フーリンもギルフォードもいろんな意味で大変だなと作者ながら他人事のように思ってました。

彼女たちにはこれからも幸せでいてほしいですし、もちろん他のキャラもみんなみんな幸せになってほしいです（特にレオ）。

最終話をどうするかはこの話を書き始めた時から決めていたので、書きたかったことをなんとか書き切ることができてホッとしています。一巻で残していた謎を回収するのに苦労した部分はありますが、最後はラドニークがいい仕事をしてくれました。ラドニーク（ベストフレンド）様様です。

しかし二人のイチャイチャシーンはまだまだ足りないと思うので、もし続きが出せるのであれば（今度こそ）糖度マシマシになるよう頑張りたいです。

さて、一巻発売から約一年が経ちましたね。この一年、社会的にも私自身にも大きな環境変化がありました。いろいろと大変な中、こうして無事に二巻が発売できる運びとなったのは、紛れもなく応援してくださった皆さまのおかげです。そこで、改めてお礼の場を設けさせていただければと思います。

まずは本作も素敵なイラストを手がけてくださった安野メイジ先生、本当にありがとうございました。イラストを初めて拝見した時、一巻の際は変な声が出たと言いましたが、今回は涎が出ました(笑)。

いつも気遣ってくださる担当さん、迷惑をかけてる覚えしかないですが、いつもありがとうございます。担当さんからいただける感想がなによりの励みとなりました。

本作にかかわってくださった関係者の皆様、今回も大変お世話になりました。

担当さん以上に進捗確認をしてくる家族の皆、いつも見守ってくれてありがとう。

そして最後に、ここまで読んでくださった読者の皆様に心からの感謝を。本当にありがとうございました。

まだまだ大変な状況が続きますが、どうぞご自愛ください。またお会いできることを願っています。

二〇二〇年五月吉日　平野あお

ひょんなことからオネエと共闘した180日間

著 三沢ケイ **イラスト** 氷堂れん

令嬢ジャネットは今日も舞踏会場の壁の花。

エスコート役の婚約者・ダグラスが自分をほったらかすのは毎度のことだけど、今日は見知らぬ美少女と火遊び中の彼を目撃してしまい、こぼれる涙が止められない。

そんなジャネットに声をかけてきたのは、**大柄迫力美人のオネエ！**

「**何をやってもブスで貧相でどうしようもない女なんて、この世に存在しないのよ！**」

オネエのレッスンを受けることになったジャネットは、綺麗になって婚約者をギャフンと言わせることができるのか？

ジャネットとオネエが奮闘するドタバタな日々を上下巻でお届け！

妃教育から逃げたい私

著 沢野いずみ **イラスト** 夢咲ミル

王太子クラークの婚約者レティシアは、ある日クラークが別の令嬢を連れている場面を目撃してしまう。

「クラーク様が心変わり……ということは**婚約破棄！ やったぁぁぁ!!**」

娘を溺愛する父公爵のもとでのびのび育ってきたレティシアには、厳しい妃教育も、堅苦しい王太子妃という地位も苦痛だったのだ。

喜び勇んで田舎の領地に引きこもり、久々の自由を満喫していたレティシアだが、急にクラークが訪ねてきて恐ろしい宣言をする。

「**俺たちまだ婚約継続中だから。**近々迎えに来るよ」

――何それ今さら困るんですけど!?

絶対に婚約破棄したい令嬢 VS 何がなんでも結婚したい王太子の、前代未聞の攻防戦がここに開幕！

辺境の獅子は瑠璃色のバラを溺愛する

著 三沢ケイ **イラスト** 宵マチ

美貌を見込まれ、伯爵家の養女となったサリーシャ。王太子妃候補として育てられるものの、王太子のフィリップが選んだのはサリーシャの友人・エレナだった。かすかな寂しさの中で迎えた2人の婚約者発表の日、賊に襲われたフィリップとエレナを庇ってサリーシャは背中に怪我を負う。

消えない傷跡が体に残り、失意に沈むサリーシャのもとに、突然10歳年上の辺境伯・セシリオ＝アハマスから結婚の申し込みがあり!?

――お会いしたこともない方が、なぜ私に求婚を？

戸惑いつつも、**寡黙な彼が覗かせる不器用な優しさや、少年のような表情に**サリーシャは次第に惹かれていく。

ずっと彼のそばにいたい。でもこの傷跡を見られたらきっと嫌われてしまう。

悩むサリーシャだが、婚礼の日は次第に近づいてきて……

この本を読んでのご意見・ご感想・ファンレターをお待ちしております。
〈宛先〉 〒104-8357 東京都中央区京橋 3-5-7
（株）主婦と生活社 PASH！編集部
「平野あお先生」係
※本書は「小説家になろう」（https://syosetu.com）に掲載されていたものを、改稿のうえ書籍化したものです。

PASH!ブックス

まだ早い！！2
2021年4月12日 1刷発行

著 者	平野あお
編集人	春名 衛
発行人	倉次辰男
発行所	株式会社主婦と生活社 〒104-8357 東京都中央区京橋 3-5-7 03-3563-5315（編集） 03-3563-5121（販売） 03-3563-5125（生産） ホームページ https://www.shufu.co.jp
製版所	株式会社二葉企画
印刷所	大日本印刷株式会社
製本所	共同製本株式会社
イラスト	安野メイジ
デザイン	井上南子
編集	黒田可菜

 ISBN978-4-391-15581-5